KB236545

사유하는
공간 제작의
기술

사유하는 공간 제작의 기술

ⓒ 김재선 2025

2025년 12월 20일 초판 1쇄

지은이 김재선
펴낸이 김익한
펴낸곳 ㈜문화제작소가능성들
편집 마케팅 조정빈
디자인 창과현 (ch153ch@hanmail.net)

등 록 2020년 11월 24일 (제2020-000323호)
주 소 서울시 마포구 서교동 447-7 대상빌딩 4층
전 화 010-5642-5438
팩 스 02-332-5438
이메일 culture.possible@gmail.com

ISBN 979-11-977660-3-9 (03800)

사유하는 공간 제작의 기술

김재선 지음

가능성들

당신의 공간은
당신에게 말을 걸어오고 있는가?

'완벽한' 집이 들려준 불편한 침묵

    나는 집의 내밀한 표정을 들여다보는 일을 한다. 그렇기에 때때로 모든 것이 완벽하지만 어떤 서사도 들려주지 않는 집에 초대된다. 몇 해 전 방문했던 한 고객의 집이 그랬다. 잡지에 실려도 좋을 만큼 감각적인 공간이었지만, 이상할 정도로 고요했다. 그 침묵은 평화가 아니라, 아무 것도 살아 숨 쉬지 않는 적막이었다. 성공한 사업가였던 그는 세상에서 가장 좋은 것들로 자신의 공간을 채웠다. 그는 최고급 이탈리아제 소파에 몸을 묻은 채, 텅 빈 눈으로 허공을 응시하며 고백했다.

"솔직히 집이 편하지 않습니다. 꼭 잘 차려입고 방문해야 하는 낯선 갤러리 같아요. 단 한 순간도 내 집이라는 느낌이 들지 않습니다."

그의 고백은 내 마음에 깊은 파문을 남겼다. 우리는 어쩌다 삶의 가장 내밀한 무대인 집에서조차 이방인처럼 서성이게 되었는가? 공간과 우리의 삶이 스크린 속 화려한 이미지에 종속되어 우리는 공간을 오로지 눈으로만 보게 되었다. 완벽하게 연출된 공간은 훌륭한 사진이 될 수는 있어도, 지친 삶을 보듬는 살아있는 장소는 되지 못한다. 그 집의 침묵은 그곳에 '삶'이 부재하기에 발생하는 필연적인 결과였다.

'좋아요'를 위한 집, 그 실존적 위기

몇 년 전 내 사무실을 찾았던 젊은 부부의 이야기는 이 시대가 겪는 공간의 위기를 상징적으로 보여주었다. 그들은 태블릿 화면을 가리키며 '인스타 감성', '최신 트렌드', '호텔 같은 침실' 같은 단어들을 쏟아냈다. 그들이 꿈꾸는 집은 자신을 위한 터전이 아니라, 타인의 '좋아요'를 받기 위해 잘 기획된 무대 세트였다.

나는 그들의 빛나는 눈빛 속에서 타인에게 인정받고 싶은 욕망과 함께 깊은 불안의 그림자를 보았다. 자신의 필요를 내면에서 찾지 못하고 외부의 시선과 유행에 위탁해 버린 영혼의 실존적 위기다. 우리는 어느새 자신을 위한 집이 아니라, 타인의 감탄을 위한 집을 짓는 데 익숙해졌다.

이러한 세태 속에서 우리는 물리적인 건물, 즉 '하우스House'를 소유하는 데는 성공했을지 몰라도, 나의 시간과 이야기가 쌓인 의미 있는 터전, '홈Home'에 거주하는 법은 잃어버렸다. 이 책은 바로 그 잃어버린 '거주Dwelling'의 기술을 되찾기 위한 탐색이다. 이 책은 공간을 꾸미는 기술을 넘어, 공간이라는 거울 앞에 서서 자신을 발견하고 삶을 온전히 품어줄 집을 짓는 길에 당신을 초대한다.

삶을 위한 새로운 언어: 회복, 영감, 그리고 몰입

나는 그 부부에게 '어떤 스타일' 대신, '어떤 일상'을 보내고 싶은지 물었다. 그 질문 앞에서 그들은 처음으로 당혹스러운 침묵에 잠겼다.

이 부부를 포함하여 대부분의 사람은 공간의 기능이나 스타일을 표현하는 언어는 잘 알고 있지만, 정작 그들이 그 공간에서 느끼고 싶은 '감정'을 표현할 언어는 갖지 못했다. 따라서 잃어버린 감정의 언어를 되찾고 공간에 대한 대화를 더 깊은 차원으로 이끌 세 가지 핵심 경험의 축을 제안한다.

진정으로 '기분 좋은 공간'이란 삶을 지지하고 성장시키는 세 가지 차원의 경험을 품는다. 나는 이것을 공간과 삶을 이해하는 새로운 언어라고 부른다.

- 첫째는 지친 몸과 마음이 온전히 닻을 내리는 회복Recovery 의 시간이다.

- 둘째는 잊고 있던 꿈을 다시 꾸게 하는 **영감**Inspiration의 순간이다.

- 셋째는 세상의 모든 방해에서 벗어나 온전히 빠져드는 **몰입**Immersion의 깊이다.

이 세 가지 키워드를 나침반 삼아, 이 책과 함께 우리는 개인의 자아 찾기에서 시작해 가족 관계를 지나 새로운 세대의 독립을 마주하기까지, 삶의 계절이 공간에 어떻게 스며드는지 따라가는 긴 여행을 떠날 것이다. 집은 완성되어 멈춘 공간이 아니라, 우리 삶과 함께 태어나고 성장하며 낡아가는 살아있는 유기체다. 이 '거주의 생애주기Dwelling Life Cycle'라는 서사를 따라가며, 우리는 삶의 모든 단계를 지지할 지속 가능한 지혜를 발견하게 될 것이다.

전문가가 아닌, 안내자의 초대

이 여행을 시작하며, 나는 완벽한 전문가의 정답을 약속하지 않는다. 나는 그저 당신보다 먼저 이 길을 걸으며 넘어지고 깨달았던 서툰 안내자일 뿐이다. 이 책에서 당신은 나의 성공담뿐 아니라 다양한 고객의 일화를 마주하게 될 것이다. 완벽한 전문가의 정답보다, 자신의 상황과 대입해 보며 나라면 어땠을까? 질문을 해보는 것이 우리를 더 깊은 본질로 이끈다고 나는 믿는다.

이 책은 당신을 가르치기 위한 지침서가 아니라, 함께 길을 묻고 답을 찾아가는 동행의 기록이 되고자 한다. 내가 제시하는 '회복, 영감, 몰입' 같은 개념이나 원칙은 당신을 가두는 규칙이 아니다. 그것은 당신이 자신의 진정한 욕망을 명료하게 들여다보도록 돕는 '렌즈'이자, 자기다운 공간을 짓도록 잠시 딛고 설 수 있는 '비계Scaffolding'다.

궁극적으로 나의 역할은 공간 디자이너를 넘어, 당신이 공간을 통해 스스로 치유하고 삶의 다음 장으로 나아가도록 돕는 '공간 치료사Spatial Therapist'에 가깝다. 그 마음으로 이 길을 함께한다.

자, 이제 문을 열고 함께 들어갈 시간이다. 당신의 공간이, 그리고 당신 자신이 들려주고 싶었던 진짜 이야기는 무엇일까? 그 내밀한 속삭임에 귀 기울이며 우리의 긴 여정을 시작한다.

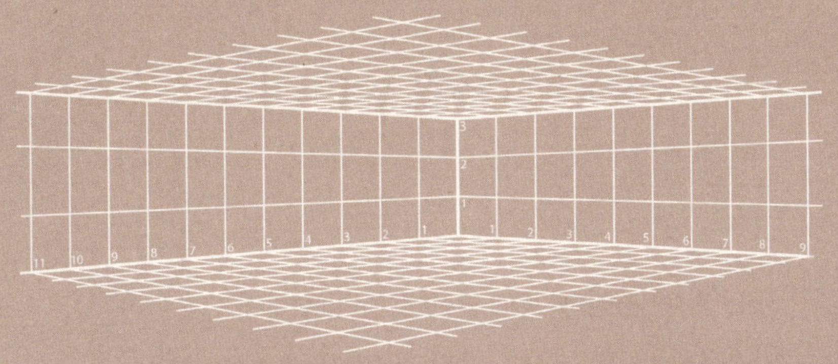

1장

철학의 현실화
: 사유하는 공간, 그 시작을 위하여

1. 당신의 공간은
   어떤 이야기를 품고 있는가?

나는 텅 빈 공간에 홀로 앉아 깊은 침묵에 귀 기울이는 순간을 즐긴다. 막 공사를 마친 아파트의 싸늘한 공기 속에서도, 오랜 시간의 흔적이 쌓인 주택의 삐걱거리는 마룻바닥 위에서도, 모든 공간은 저마다 고유한 언어로 말을 건넨다. 어떤 공간은 오지 않은 미래의 희망을 속삭이고, 어떤 공간은 지나간 시간의 온기를 품고 있다.

나는 집이 물리적 차원을 넘어, 그곳에 사는 사람과 함께 숨 쉬고 성장하는 터전으로 여긴다. 누군가는 텅 빈 공간에서 불안을 느끼지만, 나는 그 비어 있는 공간을 순수한 잠재성의 상태로 받아들인다. 비어 있음은 결핍이 아니라, 무엇이든 될 수 있는 가능성으로 충만한 상태다. 아직 아무

것도 쓰이지 않은 깨끗한 종이, 즉 철학자들이 말하는 '타불라 라사Tabula Rasa'처럼 앞으로 채워질 서사의 가능성을 품은 희망의 장소다.

반면 현대 사회는 종종 이 비움을 견디지 못하는 '공백 공포Horror Vacui'에 시달린다. 내면의 공허를 마주할 용기가 없어 끊임없이 공간을 소음과 불필요한 사물로 채우려는 강박이 있다. 나의 일은 공간의 침묵을 그곳에 사는 사람들의 이야기로 채우는 과정이라고 생각한다. 수많은 프로젝트를 거치며 나의 화두는 늘 하나의 질문으로 이어진다. 지금 당신이 머무는 공간은 어떤 이야기를 들려주는가?

햇살이 유난히 좋았던 5년 전 6월의 어느 오후, 나는 그 질문을 다시 떠올렸다. 젊은 부부 한 쌍이 나의 작은 사무실을 찾았다. 30대 후반의 부부는 깔끔한 차림이었지만 얼굴에 긴장과 조급함이 뚜렷했다. 조심스럽게 인사하는 아내와 달리, 남편은 본론을 서두르는 듯 태블릿을 테이블 위에 '툭' 내려놓았다.

화면에는 '#화이트미니멀리즘', '#호텔같은침실', '#카페같은주방'이라는 해시태그가 붙은 사진이 가득했다. 하나같이 아름다웠지만, 이미지들은 비현실적으로 완벽해서 사람의 온기나 삶의 흔적을 찾아볼 수 없는 디지털 세계의 유령 같았다.

"이번에 이사 가는 아파트를 완전히 새롭게 바꾸고 싶어요. 거실은 비움의 미학으로, 주방은 홈카페처럼, 침실은 호텔 스위트룸처럼요."

'인스타 감성', '최신 트렌드' 같은 단어들이 준비된 대본처럼 쏟아져 나왔다. 그들은 정해진 답이 있는 시험 문제를 풀 듯 유행하는 개념을 나열했다. 나는 그들의 열띤 설명 속에서 단어와 이미지들이 공허하게 부유하는 것을 느꼈다. 그 비현실적인 청결함과 조각 같은 가구들 어디에도 부부의 진짜 '삶'이 들어갈 틈은 보이지 않았다. 오직 유행과 과시, 타인의 '좋아요'를 갈망하는 욕망만이 공간을 배회하고 있었다.

길게 이어지던 장황한 설명이 끝나자, 어색한 침묵이

감돌았다. 나는 그 침묵이 충분히 깊어지기를 기다린 후 부드럽지만, 단호한 목소리로 대답했다.

"눈부신 이미지들입니다. 하나하나가 작품 같군요. 그런데 두 분은 이 모든 것이 완성된 공간에서 매일 어떤 '일상'을 보내고 어떤 '추억'을 만들고 싶으세요?"

내 질문은 공간의 '형태Form'가 아닌, 삶의 '내용Content' 에 관한 것이었다. 반짝이며 빛나던 그들의 눈빛이 처음 으로 초점을 잃고 미세하게 흔들렸다. '어떤 스타일'이 아닌 '어떤 일상'을 원하냐는 질문은 처음이라는 표정이었다. 그 찰나의 침묵 속에서 나는 비로소 그들이 가져온 사진 너머, 부부의 내면 깊숙한 곳을 향한 탐험이 시작되었음을 직감했다.

집을 향한 갈망, 그 원초적 뿌리를 찾아서

인간은 왜 이토록 나만의 공간을 갈망할까? 수많은 이미지의 홍수 속에서 우리는 역설적으로 더 깊은 내면의 공허를 느낀다. 최신 유행의 집을 원함과 동시에, 다음 장에 기술할 가장 행복했던 기억으로 낡고 작은 오피스텔을 떠올렸던 부부의 사례처럼, 이 모순 속에 공간에 대한 인간의 복잡한 욕망이 숨어있다.

나는 이 다층적인 욕망을 설명하기 위해 종종 매슬로우의 '욕구 5단계' 이론을 유용한 지도로 활용한다. 이 이론은 인간의 욕구가 단순한 목록의 나열이 아니라, 기초부터 순차적으로 쌓아 올리는 구조물임을 보여준다. 하위 단계의 욕구가 충분히 충족되어야 상위 단계의 욕구가 건강하게 발현된다는 것이 핵심이다.

부부가 보여준 완벽한 집은 명백히 4단계, 즉 타인에게 인정받고 싶은 존중의 욕구Esteem의 발현이었다. 많은 사람이 공간에 대한 고민을 바로 이 4단계, 타인의 시선에서 시작한다. 하지만 타인의 인정 욕구만으로 지어진 공간은 모래 위의 집처럼 위태롭다. 그 집의 주인은 내가 아니라, 그 집을 바라보는 타인의 시선이기 때문이다. 타인의 '좋아요' 하나에 기뻐하고, 부정적인 댓글 하나에 마음이 무너지는 경험을 했다면 그 위태로움을 쉽게 이해할 것이다.

공간의 안정감은 모래가 아닌 단단한 암반, 즉 더 깊고 근원적인 욕구의 토대 위에 세워질 때 찾아온다. 원시 조상들에게 '공간'은 생존 그 자체였다. 맹수의 위협과 비바람을 피할 수 있었던 동굴은 인류 최초의 집이자 가장 원초적인 안식처였다. 이 생존의 기억은 우리 유전자에 깊이 각인되어, '나만의 안전한 공간'을 향한 본능적인 갈망으로 나타난다. 이것이 매슬로우가 말한 가장 기본적인 1, 2단계 욕구, 즉 생리적 욕구Physiological Needs와 안전의 욕구Safety Needs다.

늦은 밤 현관문을 잠그는 '찰칵' 소리와 함께 느끼는 안도감이 바로 공간이 주는 가장 원초적인 선물, '안전감'이다. 안전한 울타리 안에서 우리는 타인에게 마음을 열고, 3단계인 소속감과 사랑의 욕구Love and Belonging를 채운다. 집은 가족, 친구, 연인과 함께 유대감을 형성하는 관계의 무대다.

가장 높은 5단계인 자아실현의 욕구Self-Actualization는 이 모든 것이 견고하게 충족되었을 때 비로소 꽃처럼 피어난다. 집은 나의 가치관과 개성, 꿈을 표현하는 궁극적인 캔버스다. 서재에 책을 꽂고, 작업실에서 창작에 몰두하며, 작은 정원을 가꾸는 행위는 집을 꾸미는 것을 넘어 '되고 싶은 나'를 실현하는 과정이다.

다시 그 부부의 이야기로 돌아가자. 그들이 보여준 사진 속 집은 타인에게 인정받고 싶은 '존중의 욕구'라는 화려한 지붕과 같았다. 하지만 그 아래에는 생존과 안전, 소속감이라는 단단한 토대가 빠져 있었다. 나는 진정한 집이 가장 아래층, 즉 '오늘 밤 나는 이 집에서 안전한가'라는 원초적 욕구에서부터 지어져야 한다고 믿는다. 그래야 비로소 타인의 시선에서 자유로운 진정한 자아실현의 지붕을 올릴 수 있다.

타인의 인정을 받기 위해 지어진 물리적 구조물이 바로 '하우스House'다. 우리가 진정으로 찾아야 할 것은 그 너머, 나의 모든 욕구를 따뜻하게 보듬어주는 '홈Home'이다.

'하우스House'를 넘어 '홈Home'에 거주한다는 것

공간의 본질을 탐구하는 과정에서 나에게 가장 중요한

분기점은 '하우스House'와 '홈Home'이라는 두 단어였다. 이 둘의 차이를 이해하는 것은 우리가 추구할 공간의 방향을 설정하는 중요한 나침반이 된다.

하우스House는 벽과 지붕으로 이루어진 물리적 구조물이다. 부동산 서류의 주소로 표기되고, 돈으로 거래하여 소유할 수 있다. 나는 하우스를 텅 빈 '하드웨어'에 비유한다. 그 자체로 아무런 이야기도 품지 않은 비어 있는 그릇이다. 부부가 보여준 사진은 훌륭한 '하우스House'였지만, 소유만으로 진정한 집이 되지는 않는다.

반면 홈Home은 물리적인 하우스에 '나의 시간'과 '나의 이야기'가 담긴 주관적이고 감성적인 공간이다. 그것은 하드웨어를 구동하는 영혼의 '소프트웨어'다. 홈Home은 경험, 추억, 감정이 쌓여 세상에 단 하나뿐인 의미 있는 장소가 된 곳이다. 홈은 소유하는 것이 아니라 만들어가는 것이다. 아이의 키를 재던 연필 자국, 햇볕에 색이 바랜 소파 같은 흔적들이야말로 하우스를 홈으로 만드는 시간의 효모다. 나의 질문에 당혹스러워하던 부부의 침묵은 아내가 이야기를 시작하며 깨졌다.

"신혼 초에 살던 작은 오피스텔이 있었어요. 좁고 낡았지만, 퇴근 후 그곳에서 밤새도록 이야기하고 컵라면 하나에도 행복했죠. 주말에는 작은 테이블에 노트북 두 대를 놓고 나란히 앉아 서로의 온기를 느꼈어요. 불편한 점이 많았는데, 이상하게 그때가 가장 행복했던 것 같아요. 그 공간만의 아늑함이 있었어요."

남편도 고개를 끄덕이며 낡은 소파의 삐걱거림, 작은 창문으로 들어오던 햇살, 잠든 서로의 숨소리를 생생하게 기억해 냈다. 그들이 기억한 것은 공간의 '스타일'이 아닌, 그 안에서 나눈 '감각'과 '관계'였다. 그들의 좁고 낡은 공간의 불완전함이 사회 초년생이었던 부부를 보듬어주는 듯한 안정감을 주었을 것이다. 완벽한 공간은 그에 걸맞은 삶을 살아야 한다는 압박을 주지만, 불완전한 공간은 실패해도 괜찮다는 위안을 건넨다. 나 역시 자취생 시절 모든 것이 불확실했던 그때, 낡고 작은 방 한 칸이 세상 어떤 화려한 공간보다 더 큰 위로가 되었던 기억이 있다. 그 방의 삐걱거림은 나의 불안과 공명하며 오히려 나를 안심시켰다.

부부의 이야기는 하우스와 홈의 차이를 명확하게 보여준다. 그들의 작은 오피스텔은 초라한 '하우스House'였을지 몰라도, 가장 행복한 기억 속에서 세상 가장 소중한 '홈Home'이었다. 부부가 보여준 수많은 사진은 훌륭한 '하우스House'였지만, 그들의 영혼이 진정 갈망한 것은 역설적으로 부끄러워했던 첫 '홈Home'이었다. 이것은 매우 중요한 통찰이다. 결국 우리 영혼이 진정으로 원하는 공간의 청사진은 화려한 잡지 사진이 아니라, 우리 자신의 잊힌 기억 속에 숨어있다.

그렇다면 부부가 기억한 '아늑함'이나 '온기' 같은 감각은 어떻게 공간을 통해 전달될까? 이 질문에 답하기 위해 우리는 공간이 우리의 몸과 무의식에 말을 거는 방식을 더 깊이 들여다볼 필요가 있다.

2. 공간이 몸과 무의식에
말을 거는 방식

공간은 우리에게 어떻게 '홈Home'이라는 감각을 전달하고 말을 거는가? 이성보다 몸이 먼저 세계를 느끼고 판단하는 심오한 방식이 바로 철학의 '현상학Phenomenology'이다. 나는 이 깊은 통찰을 '몸은 이미 알고 있다'는 한마디로 요약한다.

공간은 시각적 대상이기에 앞서 온몸으로 겪어내는 경험이다. 메를로–퐁티Merleau-Ponty에 따르면, 우리 몸은 공간을 지각하는 가장 정밀한 감각기관이며 직관적으로 공간의 분위기를 감지한다. 낮은 천장에서는 자신도 모르게 어깨를 웅크리며 압박감을 느끼고, 높고 웅장한 천장 아래에서는 경외감과 해방감을 경험한다.

부부가 낡은 오피스텔에서 느꼈던 '아늑함'은 그저 감상적인 느낌이 아니었다. 그것은 공간의 '분위기Atmosphere'를 몸이 먼저 감지한 것이다. 분위기는 공간의 객관적 속성도, 개인의 주관적 감정도 아닌, 그 둘 사이에서 발생하는 실재하는 감각적 실체이다.

성당의 장엄함, 단골 카페의 편안함처럼, 우리는 공간에 들어서는 순간 그곳의 분위기를 이성적 판단 이전에 온몸으로 느낀다. 부부의 몸은 그 오피스텔의 분위기가 자신들을 감싸고 보호한다는 것을 직관적으로 알아차린 것이다. 이는 공간에 대한 질문을 '어떻게 보이는가'에서 '그 안에서 어떻게 느껴지는가'로 전환한다.

마음의 지도 그리기: 바슐라르의 '공간의 시학'

집은 단순한 거주지가 아니라 우리의 정신 구조와 깊이 연결된 작은 우주다. 바슐라르Gaston Bachelard는 집을 '우리의 최초 우주'라 부르며, 집의 경험이 세상을 인식하고 상상하는 방식의 원형이 된다고 말한다.

이런 관점에서 부부의 작은 오피스텔은 그들만의 우주였다. 그곳엔 하늘과 가까운 몽상과 이성의 공간인 '다락방Attic'은 없었지만, 창 너머 보이는 바깥 풍경이 그 역할을 대신했다. 어쩌면 오피스텔 자체가 그들의 무의식과 원초적 공포가 웅크린 '지하실Cellar'이었을지 모른다. 사회 초년생의 불안과 막막함이 방 구석구석에 웅크리고 있었겠지만, 중요한 사실은 그들이 어둠을 회피하지 않고 서로 의지하며 마주했다는 점이다. 바슐라르가 말한 '둥지Nest'나 '껍질Shell'처럼, 그들의 오피스텔은 세상의 비바람을 막아주는 작은 둥지이자 연약한 자신들을 지켜주는 단단한 껍질이었던 셈이다. 나아가 옷장이나 서랍장처럼 비밀스러운 개인의 역사를 담는 내밀한 공간들은 그들의 가장 깊은 자아를 보관하는 장소였을 것이다.

바슐라르의 통찰 중에서도 나에게 가장 큰 울림을 준 것은 '구석Corner'에 대한 사유다. 구석은 가장 원초적인 안식처를 제공한다. 모든 것이 노출된 공간의 불안함과 달리, 구석은 몸을 감싸고 세상의 시선으로부터 우리를 가려주는 피난처다. 우리는 구석에 웅크릴 때 존재의 평화를 느낀다. 나는 그들의 이야기를 들으며 부부가 행복했다고 말한 '작은 테이블에 나란히 앉아 온기를 느끼던' 순간이야말로, 세상과 맞설 힘을 얻던 그들만의 성채이자 구석이었음을 깨달았다.

진화가 새겨놓은 본능: 조망–피신 이론과 영역성

몸이 공간을 읽는 방식은 진화의 오래된 산물이다. 조망–피신 이론Prospect-Refuge Theory은 이 본능을 명쾌하게 설명한다. 인간은 주변을 잘 살필 수 있으면서도(조망), 위협으로부터 몸을 숨길 수 있는(피신) 공간을 본능적으로 선호한다. 이는 초원에서 생존해야 했던 인류의 오랜 전략에서 기인한다. 카페에서 벽을 등지고 출입문을 볼 수 있는 구석자리가 인기 있는 것도 같은 이치다. 부부가 작은 테이블 구석에 나란히 앉았던 행위는 이 이론을 완벽하게 보여준다. 등 뒤의 벽은 안전한 '피신처'가 되고, 시선은 방 전체와 창밖을 향하며 최소한의 '조망'을 확보한 것이다.

나아가 우리에겐 공간에 나만의 영역을 설정하고 통제하려는 영역성Territoriality 본능이 있다. 내 방 가구를 바꾸거나 책상을 정리하는 행위는 단순히 청소를 넘어, 공간에 대한 통제감을 확인하며 심리적 안정감을 얻는 과정이다. 나만의 찻잔을 정해진 자리에 두고, 침대의 특정 방향에서만 잠드는 사소한 습관조차 이 본능의 발현일 수 있다. 자신의 영역을 확보하고 통제할 수 있다는 감각은 '내가 이 세상에 안전하게 존재한다'는 실존적 확인과 연결된다. 이는 자신의 영역에 대한 주인의식과 책임감을 갖도록 설계된 주거 환경이 범죄율을 낮춘다는 주장처럼, 개인적 영역성은 공동체의 안전이라는 사회적 차원과 연결됨을 보여준다.

3. 나를 위한 '기분 좋은 공간'이란 무엇인가

가면의 집, 그림자의 방: 융의 심리학으로 본 공간

옷, 음악, 책이 우리를 표현하듯, 우리가 머무는 공간 역시 '나'의 가치관과 정체성을 드러내는 강력한 페르소나 Persona, 즉 사회적 자아가 된다. 공간은 침묵하지만, 어떤 언어보다 많은 것을 말한다. 문제는 그 페르소나가 진정한 나인가, 타인의 시선을 의식한 가면인지다.

최신 유행과 값비싼 가구로 채웠지만, 정작 사는 사람의 이야기가 없는 공간이 있다. 나는 그런 공간에 들어서면 숨이 막힌다. 그런 곳은 잘 꾸며진 무대 세트장 같아서 삶의 흔적을 느낄 수 없다. 타인에게 멋지게 보일지 몰라도,

그 공간 속의 나는 편안하지 않은 불편한 옷을 입은 느낌
을 받는다. 이런 공간은 카를 융Carl Jung이 말한 사회적
가면(페르소나)만을 위한 집이다. 하지만 건강한 자아는
페르소나뿐 아니라, 우리가 숨기고 싶어 하는 어둡고 불
완전한 '그림자Shadow'까지 통합할 때 완성된다. 융에게
온전한 한 인간이 되는 '개성화Individuation' 과정은 바로 이
그림자를 외면하지 않고 의식의 빛으로 가져와 통합하는
과정이다.

　진정한 집은 나의 빛나는 모습과 지치고 헝클어진 모습
모두를 편안하게 드러낼 수 있는 곳이어야 한다. 따라서
건강한 집은 페르소나를 위한 거실뿐 아니라, 나의 그림자
를 안전하게 수용할 수 있는 방을 품어야 한다. 그곳은
어수선한 작업실일 수도, 누구에게도 보여주지 않는 서재
구석일 수도, 혹은 그냥 멍하니 있을 수 있는 작은 발코니일
수도 있다. 중요한 것은 그 공간에서 내가 사회적 역할과
기대에서 벗어나 온전한 나 자신으로 존재할 수 있다는 사실
이다. 이는 바슐라르가 탐구한 집의 이중성과도 맞닿아
있다. 그에게 집은 안락한 둥지일 뿐만 아니라, 무의식적
공포가 도사리는 '지하실'까지 품은 완전한 우주다.

건강한 정신이 자신의 그림자를 통합할 때 완성되듯, 건강한 집 역시 빛과 개방성을 위한 공간뿐 아니라 우리 내면의 어둠, 즉 은유적 '지하실'을 마주할 공간을 품어야 한다. 그곳에서 진정한 자기 수용이 시작되기 때문이다. 이런 관점에서 공간 디자인은 단순한 미학적 선택을 넘어, 자신을 수용하고 치유하는 적극적인 심리적 실천이다.

반면, 나의 라이프스타일과 취향, 기억이 묻어나는 집이 있다. 조금 서툴고 완벽하지 않아도, 그 안에는 꾸미지 않은 '자기다움'이라는 진정성Authenticity이 숨 쉰다. 아이의 삐뚤빼뚤한 그림, 여행지에서 사 온 기념품, 세월의 흔적이 묻은 할머니의 낡은 소반. 이런 것들이야말로 공간의 주인이 누구인지 말해주는 가장 강력한 증거다.

마르셀 프루스트의 소설처럼 특정 감각이 과거의 기억을 강렬하게 불러일으키는 현상을 '프루스트 현상'이라 한다. 나에게는 오래된 서재의 책 냄새가 어린 시절 할아버지의 무릎에 앉아 이야기를 듣던 평화로운 오후를 떠올리게 하는 것처럼, 공간은 이러한 기억과 향수를 불러일으키는 가장 강력한 매개체다. 공간의 '분위기'나 '아우라'는 이처럼

보이는 것과 보이지 않는 감각들이 어우러져 만드는 공감
각적 결과물이다.

'기분 좋은 공간'의 세 가지 기둥: 회복, 영감, 몰입

그렇다면 '기분 좋은 공간'이란 구체적으로 무엇일까?
단순히 예쁘거나 편안하기만 한 공간을 넘어, 우리 삶을
지지하고 성장시키는 세 가지 차원의 '기분 좋음'을 품고
있어야 한다.

첫째는 '회복Recovery의 공간'이다. 외부 세계에서 지친
몸과 마음을 온전히 재충전하고 내일을 살아갈 힘을 되
찾게 하는, 가장 기본적인 조건이다. 사회적 가면을 벗고
가장 솔직한 모습으로 존재해도 괜찮은 유일한 장소여야
한다.

둘째는 '영감Inspiration의 공간'이다. 회복으로 얻은 에너지
로 나의 성장을 돕는 공간이다. 창의적 생각을 자극하고
새로운 아이디어를 떠올리게 한다.

셋째는 '몰입Immersion의 공간'이다. 세상의 소음에서 벗어나 내가 좋아하는 일에 깊이 빠져들 수 있는 집중의 공간이다.

이 세 가지 기능은 분리된 것이 아니라 유기적으로 연결된다. 깊은 **회복**이 영감을 주고, 영감은 몰입으로 이어지며, 몰입 후에는 다시 깊은 **회복**이 필요하다. 좋은 공간은 이 건강한 삶의 순환을 지지하는 생태계와 같다.

이러한 공간 철학은 서구의 완벽주의와는 다른 미학적 관점을 통해 더욱 풍부해질 수 있다. 일본의 '와비사비侘寂' 미학은 불완전하고 비영구적이며 미완성인 것들의 아름다움을 발견한다. 세월의 흔적이 남긴 녹, 이가 나간 찻잔에서 오히려 깊은 아름다움을 찾는 태도다. 이는 완벽에 대한 강박에서 벗어나 삶의 흔적과 시간의 흐름을 긍정하게 한다. 그리고 진정한 회복의 공간을 만드는 철학적 기반이 된다.

또한 일본의 '마間'라는 개념은 '사이' 또는 '비어 있음'의 중요성을 일깨운다. 마는 텅 빈 공백이 아니라, 주변의 사물과 사건에 의미와 리듬을 부여하는 적극적인 공간이다. 가구를 가득 채우기보다 의도적인 비움을 통해 공간에 숨 쉴 틈과 사유의 깊이를 더하는 지혜는 몰입과 영감의 공간을 만드는 핵심 원리가 된다.

이런 공간을 위해 우리에겐 외부 소음에서 나를 지켜줄 안식처Sanctuary가 필요하다. 안식처의 첫걸음은 물리적, 심리적 경계를 명확히 하는 것이다. 퇴근 후 현관에서 일과 관련된 모든 것을 내려놓는 것이 그 예다. 또한 매일 아침 같은 자리에서 커피를 내리는 '의식Ritual'을 통해 평범한 공간이 하루를 시작하는 신성한 제단으로 바뀔 수 있다.

이 '기분 좋음'의 감각은 덴마크의 '휘게Hygge'와 영미권의 '코지Cozy' 개념으로 더 깊이 이해할 수 있다. 휘게는 '소박하고 여유로운 시간에서 오는 아늑함'으로, 물질보다 관계와 소통이 핵심이다. 반면 코지는 푹신한 쿠션, 부드러운 조명 등 좀 더 감각적인 측면에 집중한다. 겉모습이 화려하지 않아도, 나의 몸을 직접 위로하는 감각적 요소들이 아늑함을 만든다.

나만의 공간 철학 세우기

우리는 왜 공간을 꾸미는가? 그 동기를 깊이 들여다봐야한다. 이는 에리히 프롬Erich Fromm이 제시한 삶의 두 가지 양식, 즉 '소유 양식'과 '존재 양식'의 관점에서 명확하게 구분할 수 있다.

하나는 '소유 중심의 인테리어'다. 이는 내가 가진 것이 곧 나 자신이라 믿는 태도다. "나는 내가 가진 것이다I am What I Have"라는 믿음에 기반하여, 남들에게 더 잘 보이거나 사회적 지위를 보상받기 위해 더 비싸고 유행하는 물건으로 공간을 채운다. 이는 잠시의 만족을 줄 뿐, 진정한 행복을 주지 못한다. 태블릿을 들고 찾아왔던 부부의 첫 마음은 여기에 가까웠을 것이다.

다른 하나는 '향유 중심의 인테리어'다. 이는 존재 양식의 삶과 맞닿아 있다. 내가 무엇을 가졌는지가 아니라, 이 공간에서 무엇을 경험하고 느끼며 어떻게 살아가는가에 초점을 맞춘다. "나는 내가 하는 것이다I am What I do"라는 믿음이다. 이 태도는 물건의 소유보다 그 공간에서 보내는

'경험의 질'을 중시한다. 값비싼 소파를 '소유'하는 것보다, 그 소파에서 사랑하는 사람과 어떤 시간을 '향유'하고 싶은 가를 더 소중히 여기는 마음이다. 부부와 긴 대화 끝에 도달한 결론이 바로 이것이었다.

이 깨달음은 그들의 공간 내러티브를 구체적인 디자인으로 구현하는 계기가 되었다. 우리는 그들이 원했던 차가운 '화이트 미니멀리즘' 대신, 그들의 첫 '홈Home'이었던 작은 오피스텔의 기억, 즉 '함께 있음의 온기'를 새로운 캔버스 위에 올렸다.

거실의 '비움의 미학'은 그들의 삶과 이야기로 채우는 '채움의 미학'으로 바뀌었다. 차가운 백색 대신 오트밀, 베이지, 흙을 닮은 토프 같은 따뜻한 중성색이 공간의 바탕이 되었다. 이는 단순히 유행을 따른 것이 아니라, 게르노트 뵈메가 말한 '분위기'를 의도적으로 조성하여 심리적 안전감을 주려는 시도였다. 거실 중심에는 '조각 같은' 소파 대신, 두 사람이 함께 뒹굴기 좋은 깊고 푹신한 패브릭 소파를 두었다. 이 소파를 긴 벽에 단단히 등을 기대게 배치한 것은 '조망-피신 이론'을 적용해 심리적 안정감을 확보하고,

동시에 거실 전체를 조망하게 한 의도적인 장치였다.

주방은 보여주기 위한 '카페'에서 두 사람의 관계를 위한 '따뜻한 화덕'으로 재해석되었다. 거대한 아일랜드 식탁 대신, 세월의 흔적이 느껴지는 둥근 원목 식탁을 놓았다. 둥근 식탁에는 상석이 없어 모두가 동등하게 마주 보며, 관계를 촉진하는 '구심성' 공간이 된다. 이제 이 주방은 커피 향과 맛있는 음식 냄새, 그리고 두 사람의 대화로 채워지며 그들의 가장 행복한 기억을 이어가는 진정한 '홈 Home'의 심장이 되었다.

침실은 비현실적인 '호텔 스위트룸'에서 온전한 휴식과 몰입을 위한 '안식처'로 바뀌었다. 불필요한 장식을 덜어 내고 숙면이라는 본질에 집중했다. 침실 한쪽 구석에 바슐라르가 말한 '구석'을 의도적으로 만들었다. 높은 등받이의 안락의자와 책 읽기 좋은 조명을 두어 신혼 시절 '함께' 있으면서도 온전한 '혼자'가 될 수 있었던 기억을 한 단계 진화시켰다. 또한, 여행지에서 사 온 불완전하고 소박한 기념품들을 숨기지 않고 선반에 올린 것은, 완벽한 페르소나의 집을 거부하고 삶의 흔적을 존중하는 와비사비侘寂

철학, 즉 자신의 '그림자'를 통합하려는 용기 있는 선택
이었다.

완성된 집은 잡지 사진처럼 매끈하지는 않았지만, 차가운
완벽함 대신 두 사람의 시간과 기억이 담긴 따뜻한 진정성
이 있었다. 그들의 선택은 '보여주기'에서 '살아가기'로,
'하우스House'에서 '홈Home'으로 옮겨갔다. 이 집은 오피스
텔의 기억이라는 과거의 뿌리 위에, 일과 삶의 균형을 잡으
려는 현재의 줄기를 세우고, 함께 성장하고자 하는 열망이
담긴 미래의 가지를 뻗어 살아있는 '공간 내러티브'가 되
었다.

이 관점은 미니멀리즘과 맥시멀리즘을 단순한 스타일이
아닌, '존재 양식'을 구현하는 두 가지 철학으로 보게 한다.
미니멀리즘은 불필요한 자극을 덜어내고 '본질'에 집중함
으로써 깊은 '몰입'을 돕는 비움의 철학이다. 맥시멀리즘
은 내가 사랑하는 것들과의 관계 속에서 즐거운 '영감'을
얻는 채움의 철학이다. 중요한 것은 물건의 양이 아니다.
그 공간이 나의 삶에 어떤 긍정적 순환을 만드는지가 핵심
이다.

이제 당신만의 '공간 철학'을 세울 시간이다. 이는 정답을 찾는 과정이 아니라, 나에게 가장 중요한 질문을 던지는 과정이다. 공간을 만드는 일은 결국 '나'라는 사람을 알아가는 깊은 성찰이다.

이제 당신의 이야기를 시작하자

나만의 공간 철학을 세우는 첫걸음은 '나'를 깊이 이해하는 것이다. 이 과정은 조금 어색하고 어려울 수 있다. 우리는 타인의 취향은 쉽게 이야기하지만, 정작 자신의 취향에 대해서 깊이 생각할 기회가 적었기 때문이다. 하지만 괜찮다. 이것은 솔직하고 용감하게 자신과 마주하는 시간이 될 것이다.

나는 한 사람의 과거, 현재, 미래에 대한 열망이 엮여 만들어내는 고유한 이야기를 '공간 내러티브Spatial Narrative'라고 부른다. 이 내러티브는 당신이 살아온 시간, 현재의 삶, 그리고 꿈꾸는 미래에 대한 열망이 공간 속에 녹아들어 완성된다.

이 '공간 내러티브'를 쓰는 과정은, 물리적 차원에 머물던 익명의 '공간'에 당신만의 고유한 의미와 추억을 불어넣는 일이다. 그리하여 세상에 단 하나뿐인 소중한 '장소'로 만드는, 신성한 작업이다. 결국 당신의 이야기가 깃들 때, 의미 없던 빈 공간은 비로소 당신의 삶과 함께 숨 쉬는 특별한 장소로 다시 태어난다.

인테리어의 최종 목표는 유행하는 스타일을 따르는 것이 아니라 '나다운' 공간을 만드는 것이다. 내가 꿈꾸는 이상과 바꿀 수 없는 현실적 제약 사이에서 현명한 균형을 찾는 지혜가 필요하다.

마지막으로 상상해 보자. 예산이나 타인의 시선, 물리적 제약에 전혀 구애받지 않는다면, 당신은 어떤 공간을 만들고 싶은가? 그 자유로운 상상 속에, 당신이 진정으로 원하는 '자기다움'의 실마리가 숨어있을지 모른다.

거창한 계획이 아니어도 좋다. 아래 질문에 답하며 당신의 공간 철학을 세워보자. 현실에서 실험하는 작은 시도가 삶을 바꾸는 첫걸음이 될 것이다.

1단계: 과거 (The Past – 내러티브의 뿌리 찾기)

당신의 삶에서 가장 '홈Home'처럼 느껴졌던 장소는 어디였는가?

- 당신의 몸은 그 공간의 어떤 감각(빛, 소리, 냄새, 감촉)을 가장 생생하게 기억하는가?

- 그 공간 특유의 '분위기'를 만든 핵심 요소는 무엇이었다고 생각하는가?

2단계: 현재 (The Present – 내러티브의 줄기 세우기)

• 현재 공간에서 당신의 일상에 활력을 주는 곳과 방해가 되는 곳은 각각 어디이며, 그 이유는 무엇인가?

• 당신의 공간은 사회적 가면인 '페르소나'를 위한 무대인가, 아니면 숨겨진 자아인 '그림자'를 보듬는 공간인가?

• 당신의 공간에 있는 물건들은 과시를 위한 '소유'의 대상인가, 아니면 경험을 위한 '존재'의 일부인가?

3단계: 미래 (The Future – 내러티브의 가지 뻗기)

• 만약 모든 제약이 없다면, 당신의 공간이 당신을 어떤 사람으로 성장하도록 돕기를 바라는가?

• 공간에 더하고 싶은 단 하나의 핵심 경험은 무엇이며, 그것은
 '회복', '영감', '몰입' 중 어떤 목적을 위한 것인가?

• 그 경험을 위해 지금 당장 시도할 수 있는 가장 작고 구체적인
 행동은 무엇인가?

이제 당신은 '기분 좋은 공간'에 대한 자신만의 단단한 철학을
세울 준비를 마쳤다. 다음 장부터는 이 철학을 현실로 구현할
구체적인 도구들, 즉 빛과 색, 소재와 가구에 대해 탐구해 나갈
것이다.

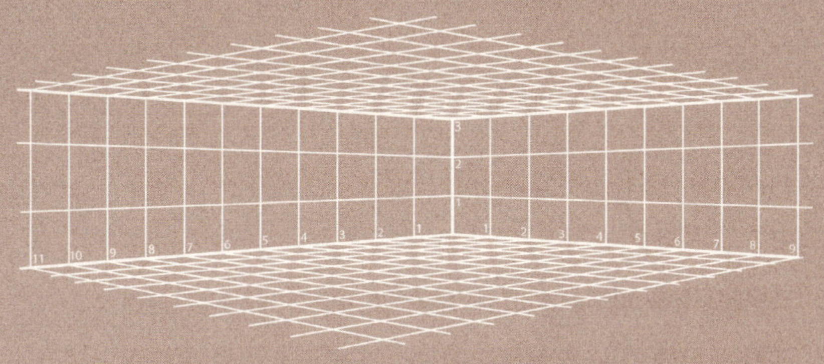

2장

빛과 그림자

: 공간에 시간과 감성을 새기다

　1장을 통해 자신을 더 깊이 이해했다면, 그 새로운 자아를 공간에 표현하는 첫 번째 방법은 가장 근원적인 요소인 '빛'을 다루는 것이다. 상처받은 영혼을 위해, 그리고 멈춰버린 삶을 위해 빛은 무엇을 할 수 있는가?

문턱에서 건네는 초대

　누구나 공간의 영혼을 느껴본 경험이 있다. 공간이 숨을 참거나, 길고 지친 한숨을 내쉬는 순간을 마주한 경험 말이다. 나는 공간을 만드는 일을 하지만, 나의 진짜 관심사는 언제나 눈에 보이지 않는 것에 머물렀다. 벽돌과 시멘트가 아닌 그 안에 깃드는 삶의 온기. 정교한 도면이 아닌 그곳에서 울려 퍼질 웃음소리와 언젠가 감당해야 할 침묵의 무게. 집은 단순히 우리를 담는 물리적인 그릇이 아니라, 우리의 감정과 기억, 꿈을 비추는 거울이자 영혼의 연장이다. 그곳은 우리와 함께 숨 쉬고 늙어가며, 때로는 우리보다 먼저 우리 자신에 대해 이야기하는 가장 정직한 증인이다.

3년 전 여름, 나는 유독 깊은 한숨을 내쉬는 집을 만났다. 의뢰인은 한때 촉망받는 번역가였지만, 몇 년째 깊은 슬럼프에 빠져 세상과 담을 쌓고 지내는 40대 여성이었다. 분명 남향인 그 집은 계절과 무관하게 늘 침침하고 서늘한 기운이 감돌았다. 문턱을 넘어서는 순간, 흐르지 못하고 고인 공기의 무게가 어깨를 짓눌렀다. 오래된 종이와 먼지가 뒤섞인, 시간이 멈춘 유적지 같은 냄새가 났다. 집의 주인인 그녀의 표정은 짙은 안개에 가려진 듯 희미했고, 목소리는 나직하게 가라앉아 있었다.

나는 그 집을 둘러보며 공간이 어떻게 스스로 빛을 잃는지, 그리고 그곳에 사는 사람이 어떻게 그 어둠에 공모共謀하는지 깊이 고찰했다. 공간은 주인의 허락 없이는 스스로

어두워지지 않는다. 우리가 먼저 마음의 창을 닫을 때,
공간은 그저 충실하게 우리의 내면을 비추는 거울이 될
뿐이다.

그렇다면 진정 중요한 질문은 이것이다. 어떻게 그 섬세
하고 때로는 두려운 빛을 다시 안으로 초대할 수 있을까?
이 장은 한 공간이, 그리고 한 사람이 자신의 어둠과 마주
하고 마침내 빛을 향해 한 걸음 내디딘 용기의 기록이다.

1. 빛을 통해 세상과 다시 마주하기

동굴과 한 줌의 햇살: 빛을 향한 고통스러운 탐험

나의 시선은 거실 한쪽 벽에 멈췄다. 본래 창문이 있어야 할 자리였지만, 두꺼운 암막 커튼과 한때 그녀의 자부심이었을 원서 수백 권으로 가득 찬 육중한 책장에 완전히 가려져 있었다. 그 책들은 더 이상 지혜의 원천이 아니라, 과거의 영광을 박제한 거대한 묘비처럼 보였다. 나는 조심스럽게 그녀에게 다가가 저곳을 함께 열어보자고 제안했다. 그녀는 마지못해 고개를 끄덕였다. 그녀의 눈빛은 어둠에 너무 오래 익숙해져 빛을 마주할 용기를 잃은 동물 같았다.

그 순간, 나는 플라톤의 '동굴의 비유'를 떠올렸다. 우리는 모두 태어날 때부터 동굴에 갇혀 벽만 보는 죄수와 같다. 등 뒤의 불빛이 만든 그림자를 세상의 전부라 믿으며 살아간다. 그녀의 집은 현대판 플라톤의 동굴이었다. 우울이라는 동굴에 갇힌 채, 절망과 무기력이라는 그림자만을 실재라 믿고 있었다. 그녀의 책장은 동굴 벽이었고, 그 위에 어른거리는 과거의 영광과 현재의 좌절이 그녀가 보는 세상의 전부였다.

플라톤의 이야기에서 가장 중요한 점은, 동굴 밖으로 나아가는 과정이 결코 즐겁지 않다는 것이다. 처음 마주하는 빛은 고통스럽고, 익숙한 그림자의 세계를 떠나는 길은 두렵다. 이는 단순히 시각적 고통만이 아니다. 평생 진실이라 믿었던 세계가 사실은 불완전한 허상이었음을 받아들이는 철학적 고통이자, 자신의 무지를 대면하는 실존적 아픔이다. 죄수가 동굴 밖으로 끌려 나와 태양을 처음 마주했을 때, 그는 눈이 부셔 아무것도 볼 수 없었으며 고통 속에서 차라리 익숙한 그림자가 있는 곳으로 도망치고 싶어 했다. 그녀의 주저함은 바로 이 동굴 속 죄수의 본능적인 저항과 맞닿아 있었다.

더 나아가, 오랫동안 어둠에 머문 이에게 빛은 문자 그대로 물리적인 고통을 유발하기도 한다. 우리의 몸이 극심한 스트레스나 우울 속에서 빛에 과민하게 반응하는 광과민성Photophobia과 같은 생리적 현상처럼, 그녀의 주저함은 정신의 방어를 넘어선 몸의 정직한 외침이었을지도 모른다.

그러나 고통은 여기서 그치지 않는다. 이야기의 비극은 진실을 보고 돌아온 자를 동굴에 남은 죄수들이 비웃고 심지어 죽이려 한다는 점에 있다. 이는 동굴이 단순히 무지의 공간이 아닌, 하나의 견고한 사회적 현실임을 의미한다. 따라서 동굴을 벗어나는 행위는 진실을 마주하는 개인적 용기를 넘어, 기존 공동체의 오해와 적의까지 감당해야 하는 사회적 용기를 필요로 한다. 그녀의 동굴은 세상의 섣부른 판단과 몰이해로부터 자신을 지키는 마지막 방어 기제였다. 빛을 마주하는 두려움은, 상처받기 쉬운 연약한 자신을 벌거벗은 채 세상의 시선 앞에 드러내야 하는 두려움과 같았다. 나는 그녀의 눈빛에서 동굴 속 죄수의 그 복합적인 두려움을 읽었다. 그녀의 어두운 방은 고통스럽지만 안전하고 익숙한, 더는 상처받지 않아도 되는 자신만의 동굴이었다. 그런 그녀에게 창문을 열자는 나의 제안은, 그녀를 억지로 동굴 밖 태양 아래로 끌고 가는 폭력처럼 느껴졌을 수도 있다.

나 역시 비슷한 경험이 있다. 이십 대 시절, 깊은 외로움과 무력감에 빠져 며칠이고 커튼을 닫은 채 방에 스스로 가두었다. 어둠은 나의 실패와 초라함을 가려주는 안전한 담요였다. 그때 한 친구가 억지로 나를 밖으로 끌고 나가 햇살 아래 앉혔을 때, 고마움보다 분노를 먼저 느꼈다. 그 눈부신 빛이 나의 남루함을 남김없이 폭로하는 것 같아 견딜 수 없었다. 그때의 감정을 기억하기에 그녀를 다그칠 수 없었다.

공간에 빛을 들이는 행위는 이렇듯 고통스러운 용기를 요구한다. 그것은 익숙한 어둠과의 결별이며, 미지의 세상과 다시 연결되려는 의지의 표현이다. 이는 '나는 이 공간에서 어떤 사람으로 살고 싶은가?'에 대한 첫 시각적 대답이기도 하다. 그녀의 주저 섞인 고갯짓은 우울의 동굴에서 벗어나려는 작지만 위대한 첫걸음이었다.

창의 시학詩學 : 멈춰버린 시간을 깨우는 '울림'

우리는 삐걱거리는 책장을 옮기기 시작했다. 그녀의 무기력처럼 책장은 바닥에 뿌리내린 듯 꿈쩍도 하지 않았다. 잠시 후, 둔탁한 마찰음과 함께 책장이 밀려나자 수년간 봉인됐던 벽지가 드러났다. 마침내 먼지 쌓인 암막 커튼을 걷어내자, 낡은 창문 틈으로 잊혔던 햇살이 눈부시게 쏟아져 들어왔다.

그 순간, 마법 같은 일이 일어났다. 햇살을 따라 어둠 속에 갇혔던 먼지들이 은빛 가루처럼 춤을 췄다. 그것은 단순한 먼지가 아니었다. 멈춰있던 그녀의 시간과 공간이 다시 숨쉬기 시작했음을 알리는 생명의 신호였다. 그녀는 그 비현실적인 풍경을 넋을 잃고 바라보다 희미한 미소를 지었다. 굳게 닫혔던 마음에 작은 창 하나가 열리는 순간이었다.

바슐라르는 시적인 이미지를 '정신의 갑작스러운 융기'라고 말했다. 이는 과거 경험을 떠올리는 지적인 '반향Reso-nance'이 아니라, 존재의 깊은 곳을 건드려 새로운 파동을

만드는 '울림Reverberation'이다. '반향'이 우리를 생각하게
한다면, '울림'은 우리를 존재하게 한다. '어머니의 손맛'이
라는 말에 특정 음식을 떠올리는 것이 '반향'이라면, 밥 짓는
냄새를 맡는 순간 어린 시절의 감각 전체가 되살아나는
경험은 '울림'이다.

그날 거실에서 춤추던 먼지는 단순한 물리 현상이 아니
었다. 그녀의 영혼에 직접 말을 거는 살아있는 '시적 이미
지'였다. 모든 이성과 지성을 우회하여 존재의 가장 깊은
곳에 가닿은 그 이미지는 희망을 '상징'한 것이 아니라, 그
자체로 희망을 '창조'했다. 그 눈부신 광경은 내면에 잠든
생의 감각을 깨우는 강력한 '울림'이 되어, 그녀의 얼굴에
옅은 미소를 피워냈다.

나는 그녀에게 창문이 단지 빛과 공기를 통하는 구멍이
아니라고 말했다. 창문은 집이라는 '존재의 우주'와 바깥
세상이 만나는 경계이자, 몽상과 사유를 위한 시적인 도구
이다. 우리는 창이라는 매개를 통해 빛 이상의 것을 경험
한다. 창밖 풍경은 살아있는 예술 작품이 되어 영감을 주고,
햇살은 심리적 안정을 주며(회복), 세상의 소리와 움직임은

우리에게 연결감을 선사한다. 특히 정적인 텍스트의 세계에 머물던 번역가에게, 시시각각 변하는 창밖 풍경은 살아있는 언어 그 자체였다.

더 나아가 창문은 단지 풍경을 보여주는 수동적인 액자를 넘어, 무질서한 외부 세계를 의도적으로 잘라내고 편집하여 실내로 들여오는 능동적인 큐레이터와 같다. 창틀이라는 프레임은 시시각각 변하는 하늘과 나무의 움직임을 한 폭의 살아있는 그림으로 만들어주며, 우리에게 미학적 질서를 선물한다.

그녀를 짓누르던 거대한 책장은 바로 이 빛과 영감, 그리고 세상과의 연결고리 모두를 차단하고 있었던 것이었다.

태양의 리듬과 함께 '거주하기':
점유를 넘어선 삶의 방식

그녀의 집은 남향이었다. 하루 종일 빛이 깊게 드는, 예로부터 가장 선호되어 온 축복받은 방향이었다. 하지만 그녀는 그 축복을 스스로 가리고 있었다. 나는 집의 방향은

바꿀 수 없지만, 그 특성을 이해하면 빛을 더 적극적으로
삶에 초대할 수 있다고 설명했다.

하이데거는 진정한 '거주'를 심오하게 정의했다. 그는
우리가 이 땅에 발 딛고 사는 유한한 존재로서, 머리 위로
펼쳐진 하늘의 변화, 즉 해와 달의 운행과 계절의 리듬을
존중하며 살아갈 때 비로소 삶의 성스러운 의미를 발견하
게 된다고 보았다. 이 네 가지 요소, 즉 대지, 하늘, 신적인
것, 죽을 자들이 조화롭게 모이는 것이 하이데거가 말한
'사방세계Geviert'이며, 이 안에서 살아가는 것이 진정한 거주
다. 이 깊은 철학은 아침에 해가 뜨면 커튼을 열고 저녁에
해가 지면 불을 켜는, 지극히 소박한 행위 속에 담겨 있다.
그런 의미에서 그녀가 창문을 잠가버린 행위는 단순히 빛을
거부한 것이 아니었다. 그것은 자신의 삶을 세상의 리듬과
연결하기를 포기하는 행위이자, 거주의 가장 근원적인 의미
를 스스로 저버린 것이나 다름없었다

진정한 거주는 집의 방향이 가진 고유한 성격을 이해하고
존중하는 것에서 시작된다.

동향집은 아침의 강렬한 햇살로 하루를 활기차게 시작하게 돕는다. 이른 아침의 푸른빛이 도는 빛은 우리의 생체 시계를 재설정하고 정신을 깨워, 새로운 아이디어가 필요한 창작자나 학생을 위한 완벽한 영감의 공간으로써 잠재력이 크다.

서향집은 오후 늦게까지 따뜻한 햇살을 들여 낭만적인 일몰을 선물한다. 해 질 녘의 붉은 노을빛 속에서의 휴식은 교감신경을 안정시키고 평온함을 가져다주므로, 고단한 하루를 보낸 이를 위한 이상적인 회복의 공간이다.

북향집은 직사광선 없이 하루 종일 은은하고 균일한 빛을 제공한다. 빛의 변화가 적어 차분한 분위기를 만들므로, 외부의 방해 없이 작업에 깊이 빠져들게 하는 화가나 연구자를 위한 이상적인 몰입의 공간이다.

남향집은 하루 종일 빛의 변화를 가장 풍부하게 느낄 수 있다. 여름에는 해의 고도가 높아 빛이 덜 들어오고 겨울에는 낮아 집 안 깊숙이 들어오는 지혜로운 방향이다. 집에서 오랜 시간을 보내는 사람에게 최고의 회복 공간을 제공한다.

물론 우리가 집의 방향을 마음대로 선택할 수는 없다.

특히 아파트와 같은 공동 주거 환경에서는 더욱 그렇다. 하지만 중요한 것은 주어진 빛의 성격을 '이해'하고 내 삶의 리듬을 그에 '조율'하려는 의지다. 비록 북향집이라 할지라도, 하루 중 가장 밝은 빛이 머무는 짧은 순간과 장소를 발견하여 그곳에 아끼는 식물을 두거나 잠시 차를 마시는 자리를 마련하는 것. 그것이 바로 주어진 조건 속에서 하이데거가 말한 진정한 '거주'를 실천하는 능동적인 행위다.

아침 햇살을 받으며 식사하고, 오후의 나른한 햇살 아래 책을 읽으며, 저녁노을과 함께 하루를 마무리하는 삶. 벽에 비친 나뭇잎 그림자가 동쪽에서 서쪽으로 천천히 움직이는 것을 바라보는 것만으로도 우리는 시간의 흐름을 온몸으로 느낄 수 있다. 나는 이것을 '공간 명상'이라 부른다. 이처럼 태양의 리듬을 공간으로 끌어들여 느끼고 존중하며 사는 것이 바로 진정한 '거주'의 시작이다. 그녀는 축복받은 남향집에 살았지만, 그 축복을 외면한 채 공간을 그저 '점유Occupy'했을 뿐 진정으로 '거주Dwell'하지는 못했다.

현대 사회에서 집이 자산 가치로 환원되고 기능적 공간으로 축소되면서, 우리는 점차 거주의 본질적 의미를 잃어가고 있다. 그녀의 이야기는 단지 한 개인의 문제를 넘어, 거주의 의미를 잃어버린 현대인 모두에게 던지는 질문이기도 하다.

빛의 유전적 기억:
우리를 치유하는 공간의 과학적 처방

빛을 갈망하고 자연과 연결되려는 것은 우리의 유전자에 깊이 각인된 본능에 가깝다. 이러한 인간의 본능적 성향은 '바이오필리아Biophilia', 즉 '생명 사랑'이다. 바이오필릭 디자인은 바로 이 가설에 근거하여 자연광, 식물, 천연 소재 등을 공간에 적극적으로 초대함으로써 인간의 몸과 마음을 더 건강하게 만드는 것을 목표로 한다.

자연광은 최고의 치유제이자 가장 중요한 바이오필릭 디자인 요소다. 과학적 연구들은 자연광이 '행복 호르몬'이라 불리는 세로토닌의 분비를 촉진해 우울감을 완화하고, 우리 몸의 생체 시계인 '서캐디언 리듬'을 정상화하여 숙면과 활력을 되찾게 해준다는 사실을 명확히 보여준다. 또한 면역력을 높이고 생산성을 향상하는 효과도 입증되었다. 햇빛이 부족한 북유럽 국가에서 계절성 정서 장애 치료를 위해 '광치료Phototherapy'를 널리 사용하는 것은 빛이 우리의 정신 건강에 미치는 절대적 영향을 보여주는 강력한 증거다.

우리의 공간 선호에 대한 본능을 설명하는 또 다른 강력한 이론은 '조망과 은신Prospect and Refuge'이다. 제이 애플턴은 인류는 생존을 위해 넓은 초원을 한눈에 조망Prospect하여 기회와 위험을 살피면서도, 동시에 포식자로부터 몸을 안전하게 숨길Refuge 수 있는 장소를 선호하도록 진화했다고 한다. 이 이론은 우리가 왜 탁 트인 전망을 가진 창가 좌석이나, 등이 벽에 보호받는 구석 자리를 본능적으로 편안하게 느끼는지 설명해준다. 그녀의 닫힌 방은 외부의 위협으로부터 자신을 지키려는 극단적인 '은신처'였지만, 세상과 연결될 '조망'을 완전히 상실한, 병리적인 공간이었다.

창가에서 희미한 미소를 짓던 그녀의 반응은 단순한

기분 탓이 아니었다. 그것은 빛에 반응한 몸의 과학적인 치유 과정의 시작이었다. 우리는 그녀의 집을 치유의 공간으로 바꾸기 위해 바이오필릭 디자인 원리를 바탕으로 몇 가지 구체적인 처방을 적용했다.

첫째, 어둡고 칙칙했던 벽과 천장을 빛을 잘 반사하는 밝은 아이보리색으로 칠했다. 이는 단순히 감각적인 선택을 넘어선 과학적인 처방이다. 페인트 색상에는 '빛 반사율LRV, Light Reflectance Value'이라는 수치가 있는데, 이는 0(완전한 검정)에서 100(완전한 흰색)까지 빛을 얼마나 많이 반사하는지를 나타내는 지표다. 어두운 공간일수록 LRV가 70 이상인 고반사율의 색상을 선택하는 것이 핵심이다. 또한, 광택이 없는 무광 마감은 빛을 부드럽게 분산시켜 눈부심 없이 공간 전체를 은은하게 밝혀주는 효과가 있다.

둘째, 창문 맞은편 벽에 큰 거울을 걸었다. 거울은 빛을 반사해 물리적인 밝기를 거의 두 배로 만들 뿐만 아니라, 창밖 풍경을 담아내어 시각적 깊이감을 더한다. 이는 좁은 공간에서 조망의 감각을 극대화하는 매우 효과적인 전략이다.

셋째, 창가를 가로막던 육중한 책장을 다른 벽면으로 옮겼다. 빛이 드나드는 길을 가로막는 키 큰 가구를 두지 않는 것은 빛을 활용하는 공간 디자인의 기본 원칙이다.

넷째, 창가에 큰 관엽식물을 두어 강한 직사광선을 부드럽게 걸러내도록 했다. 나뭇잎 사이로 부서져 내리는 햇살, 일본어로 '코모레비木漏れ日'라 불리는 그 아름다운 빛의 패턴은 우리에게 숲속 그늘 같은 원초적 안정감을 주며, 조망과 은신의 감각을 동시에 만족시키는 탁월한 디자인 요소다.

얼마 후, 책장을 옮긴 창가에 그녀는 작은 테이블과 의자를 놓았다. 그곳은 아침마다 커피를 마시며 원고를 검토하는, 그녀가 가장 아끼는 영감의 공간이 되었다. 그녀는 스스로 조망(창밖 풍경)과 은신(벽에 등을 기댄 안정감)이 완벽한 균형을 이루는 이상적인 공간을 창조해낸 것이다.

이 작은 변화들은 동굴에서 벗어나려는 철학적 용기, 시적 이미지를 구현하는 행위, 진정한 거주를 실천하는 방식이자, 우리 몸의 유전적 기억에 응답하는 과학적 처방이었다.

2. 그림자의 언어

음예예찬陰翳礼讚**: 그림자가 주는 깊이의 미학**

빛의 중요성을 길게 이야기했지만, 그렇다고 그림자 없는 공간이 이상적인 것은 결코 아니다. 나는 그림자야말로 공간에 생명을 불어넣는 영혼이라고 믿는다. 빛이 공간의 골격이라면 그림자는 그곳에 깊이와 표정을 더하는 살과 같다. 중요한 것은 '살아있는 어둠'과 '죽은 어둠'의 차이를 이해하는 것이다. 그녀의 집을 짓누르던 것은 빛이 부재하고 생명력 없는 '죽은 어둠'이었다. 반면 '살아있는 어둠'은 빛이 존재하기에 비로소 생겨나는, 빛의 움직임에 따라 시시각각 춤추는 그림자다. 우리가 추구해야 할 것은 빛과 그림자의 풍요로운 대화다.

서양 문화가 이성적 명료함을 추구하며 모든 것을 드러내는 밝음을 지향해 온 반면, 일본의 전통 미학은 어둠과 그림자가 만들어내는 그윽한 아름다움을 예찬한다. 작가 다니자키 준이치로는 그의 명저 『음예예찬』에서 '아름다움은 사물 그 자체가 아니라, 사물과 사물이 만들어내는 그림자의 무늬, 그 명암에 있다'고 역설했다.

서양 미술의 전통 기법인 '키아로스쿠로Chiaroscuro'가 빛과 어둠의 극적인 대비를 통해 드라마와 입체감을 강조하는 연극적 기법이라면, 다니자키가 말하는 일본의 '음예陰翳'는 경계가 모호하게 녹아드는 부드러운 농담의 세계이며, 어둠 자체의 깊이를 음미하는 명상적 태도에 가깝다. 나 역시 시간의 흔적이 쌓인 짙고 묵직하고, 살아있는 그림자를 좋아한다.

다니자키는 어둑한 방 안에서 희미한 촛불에 의지해 바라보는 옻칠 그릇의 둔중한 광택, 국그릇 바닥에 고요히 고인 어둠, 그리고 빛을 부드럽게 거르며 방 안에 아늑한 그늘을 드리우는 장지문의 은은한 빛깔을 예찬했다.

이러한 살아있는 그림자의 깊이는 빛과 만나는 사물의 '질감Texture'에 따라 전혀 다른 언어로 속삭인다. 거친 질감의 리넨 커튼은 빛을 부드럽게 머금어 희미하고 몽롱한 그림자를 만들고, 매끄럽게 광택을 낸 금속 오브제는 날카롭고 명확한 그림자를 드리운다. 손으로 미장한 듯한 질감의 벽은 빛을 불규칙하게 받아들여 하루 종일 미묘하게 변화하는 그림자의 풍경을 만들어낸다. 이처럼 공간을 마감하는 재료의 질감을 섬세하게 선택하는 것은, 공간에 풍부한 그림자의 표정을 디자인하는 가장 중요한 기술 중 하나다.

모든 것이 환하게 드러난 공간은 오히려 우리를 불안하게 만든다. 깊이 없이 평면적이고, 과도한 시각 자극으로 눈을 피로하게 한다. 반면 적절한 어둠과 그림자는 공간에 깊이감을 더하고 마음을 차분하게 가라앉혀 사색으로 이끈다. 그림자는 우리에게 '모든 것을 다 보지 않아도 괜찮다'고 말해주는 듯하다. 이 여백과 모호함 속에서 우리의 상상력은 비로소 날개를 펼친다.

구석의 안식처: 나를 지켜주는 원초적 공간

그림자가 만드는 가장 원초적인 공간은 바로 '구석'이다.
바슐라르는 구석이야말로 우리가 원초적 안식과 보호를
경험하는 장소라고 말했다. 구석에 웅크리는 행위는 '세계
의 부정'이며, 세상의 소란과 요구로부터 우리를 지켜주는
최초의 피난처다. 그곳에서 우리는 세상이 우리에게 요구
하는 무수한 역할들로부터 해방된다. 무엇을 '해야 할'
필요 없이, 그저 '존재하기만' 하면 되는 공간이다.

나에게도 그런 기억이 있다. 어린 시절, 나는 창고의
커다란 항아리 뒤 좁은 틈에 들어가기를 좋아했다. 그곳은
나만의 비밀 기지이자 완벽한 안식처였다. 벽의 작은 틈
으로 비스듬히 들어온 햇살이 공기 중에 떠다니는 먼지를
황금빛으로 물들이는 것을 가만히 바라보곤 했다. 그 어둑
한 그림자 속에서 세상의 시선으로부터 완벽히 보호받는
안정감을 느끼며 온전히 나 자신이 될 수 있었다. 그곳은
무엇을 '해야만' 하는 공간이 아니라, 그저 '존재하기만'
해도 괜찮은 나만의 작은 우주였다.

그림자는 이처럼 우리에게 숨을 곳을 마련해주는 비움의 공간이며, 우리는 그 속에서 비로소 온전한 회복을 경험한다. 당신의 집에도 분명 그런 구석이 있다. 창가 화분이 만드는 나뭇잎 그림자, 잠들기 전 스탠드 불빛이 만드는 부드러운 그림자, 책장 뒤의 작은 틈 같은 것들이다. 그 고요한 어둠의 순간을 찾아 음미하고, 그림자가 속삭이는 감정에 귀 기울여 보라. 그곳이 바로 당신의 영혼이 잠시 쉬어가는 비밀의 장소다.

베일로 작곡하기: 빛을 조율하는 섬세한 도구들

빛과 그림자의 섬세한 대화를 연출하기 위해 우리에게 몇 가지 훌륭한 도구가 있다. 커튼과 블라인드는 단순히 사생활 보호를 위해 빛을 가리는 기능적 도구가 아니다. 공간으로 들어오는 빛의 양과 질감, 색을 섬세하게 조율하여 다채로운 분위기를 연출하는 마치 작곡가의 지휘봉과도 같은 미학적 도구다. 그녀를 억압하던 두꺼운 암막 커튼을 떼어낸 자리에 우리는 새로운 빛의 옷을 입혀주기로 했다. 각각의 소재는 빛이라는 오케스트라를 지휘하는 서로 다른 악기와 같다.

- 쉬어 커튼Sheer Curtain : 속이 비치는 얇은 소재로, 강렬한 직사광선을 부드러운 베일처럼 걸러낸다. 공간 전체를 은은하고 낭만적인 빛으로 채워 몽환적인 분위기를 연출하며, 평화로운 회복의 공간에 가장 잘 어울린다.

- 리넨Linen 커튼 : 자연스러운 구김과 성근 조직감이 매력적인 소재다. 빛을 온화하게 투과시켜 편안하고 자연스러운 분위기를 만들고, 불규칙한 빛의 무늬는 그 자체로 아름다운 그림이 된다. 그 자연스러운 질감은 명상이나 사색을 위한 몰입의 공간을 만드는 데 도움을 준다.

- 우드 블라인드 : 나무로 된 살(슬랫)의 각도를 조절해 빛의 양과 방향을 세밀하게 조절할 수 있다. 슬랫 사이로 들어오는 빛이 만들어내는 가로줄 그림자는 공간에 리듬감을 더하고, 빛과 그림자의 선명한 대비는 드라마를 부여한다. 영감을 위한 밝은 빛과 몰입을 위한 어두운 빛 사이를 자유롭게 오갈 수 있는 유연한 도구다.

- 암막Blackout 커튼 : 빛을 거의 완벽하게 차단하여 외부 세계와 나를 분리한다. 깊은 숙면이 필요한 침실이나

영화 감상을 위한 홈시어터에 적합하다. 극단적인 몰입과 회복을 위한 도구다. 다만 거실과 같은 공용 공간에 사용할 경우, 그녀의 집처럼 공간을 억압하지 않도록 쉬어 커튼과 함께 이중으로 설치하여 필요에 따라 선택적으로 사용하는 것이 현명하다.

3. 인공조명으로 감정을 디자인하다

낮 동안의 공간을 자연광이라는 첫 번째 태양이 지배한다면, 해가 진 후의 공간은 인공조명이라는 두 번째 태양의 무대다. 인공조명은 단순히 어둠을 밝히는 기능적 도구가 아니다. 우리의 감정과 공간의 분위기를 디자인하는 가장 강력하고 섬세한 예술 도구다. 인공조명을 어떻게 사용하느냐에 따라, 우리 집은 따뜻한 대화의 장이 되기도 하고, 고요한 휴식의 공간, 혹은 깊은 집중이 필요한 작업 공간이 되기도 한다.

빛의 언어를 배우다: 나의 공간과 대화하기 위하여

나의 공간과 깊이 있는 대화를 나누고 싶다면, 먼저

삶의 '두 번째 태양'인 조명이 건네는 말을 이해해야 한다. 나는 공간을 치유하는 빛을 처방할 때, 이 언어를 구성하는 세 가지 핵심 단어를 고려한다. 바로 빛의 '감정'과 '정직함' 그리고 '음량'이다.

• 빛의 '감정': 따스한 위로, 혹은 명쾌한 활력

우리는 가장 먼저 빛의 '감정'을 선택해야 한다. 오늘 당신의 마음에 필요한 것이 무엇인가? 고요한 저녁의 모닥불처럼 아늑한 위로인가, 아니면 맑은 아침 햇살처럼 정신을 깨우는 활력인가? 빛은 자신의 감정을 색으로 표현하는데, 이를 '색온도Color Temperature'라 부르며 켈빈K이라는 단위로 측정한다. 색온도는 켈빈K 값이 낮을수록 촛불처럼 붉고 따뜻한 빛(전구색, 약 2,700K)이 되어 우리 몸을 이완시키고 휴식과 안정감을 준다. 반대로 값이 높을수록 한낮의 태양처럼 푸른빛을 띠는 차가운 빛(주광색, 약 6,500K)이 되어 뇌를 각성시키고 집중력을 높여준다.

• 빛의 '정직함': 세상을 있는 그대로 바라볼 용기

다음은 빛의 '정직함'을 살펴볼 차례다. 이 빛이 내가 사랑하는 사물의 색, 식탁 위 음식의 신선함, 거울 속 내 얼굴

빛을 얼마나 진실하게 보여주는지에 관한 것이다. 이것은 빛이 사물의 본래 색을 얼마나 충실하게 표현하는지를 나타내는 '연색성CRI, Color Rendering Index'이라는 지표로 측정된다. 연색성은 태양 빛CRI 100을 기준으로 얼마나 가까운지를 숫자로 보여준다. 연색성이 낮은 빛 아래에서는 세상이 미묘하게 왜곡된다. 신선한 샐러드가 생기 없어 보이고, 정성껏 고른 옷의 색이 미묘하게 달라 보이며, 거울 속 내 얼굴은 어딘지 모르게 병색이 돌아 보일 수 있다. 따라서 높은 연색성의 조명을 선택하는 것은, 적어도 내가 머무는 공간에서만큼은 세상을 더 진실하게 마주하겠다는 작은 윤리적 선택과도 같다. 일반적인 주거 공간에서는 최소 CRI 80 이상, 색을 정확히 봐야 하는 주방이나 옷방, 화장대에서는 CRI 90 이상의 빛을 처방하는 것이 좋다.

• 빛의 '음량': 공간을 채우는 적절한 목소리

마지막으로 빛의 '음량'을 조절해야 한다. 빛의 목소리가 너무 작으면 우리는 무언가를 보기 위해 눈을 찡그리게 되고, 반대로 너무 크면 신경이 날카로워져 쉽게 지친다. 공간의 특정 표면에 빛이 실제로 얼마나 닿는지를 나타내는 단위를 '조도Illuminance'라고 하며, 럭스lx로 표기한다.

공간의 목적에 맞는 적절한 조도는 필수적이다. 소파에 기대어 편안히 휴식할 때는 100~200lx의 나지막한 속삭임이, 책상에 앉아 독서나 공부를 할 때는 500~700lx의 또렷한 목소리가, 정밀한 작업을 할 때는 1,000lx 이상의 명료한 외침이 필요하다. 상황에 맞게 빛의 음량을 조절하는 것만으로도 우리 몸과 마음은 훨씬 편안해진다.

조명 색온도 활용 가이드

캘빈(K)	조명색 이름	심리적 효과 및 느낌	추천 공간/ 활동	상태와의 연결
〈 2700K	전구색 (Warm White)	친밀함, 아늑함, 휴식, 평온	침실, 거실(저녁), 무드 조명	회복 (Recovery)
3000K -4000K	주백색 (Natural White)	환대, 균형감, 편안함, 명료함	주방, 욕실, 거실(낮), 식사 공간	회복/몰입 (Recovery/ Immersion)
5000K -6500K	주광색 (Cool White/ Daylight)	각성, 활력, 집중, 청결함	홈오피스, 서재, 차고, 작업 조명	몰입/영감 (Immersion/ Inspiration)

빛의 겹을 쌓다: 공간에 입체감과 유연성 부여하기

과거 많은 집은 거실이나 방 중앙의 형광등 하나만으로

공간 전체를 평면적으로 밝혔다. 이는 공간을 단조롭고 무표정하게 만드는 좋지 않은 조명 계획이다. 좋은 조명 계획은 여러 목적을 가진 빛을 마치 오케스트라처럼 조화롭게 지휘하여 공간을 입체적이고 유연하게 만든다. 나는 이 방식을 '빛의 레이어링'이라고 부른다.

- **전체 조명**Ambient Lighting : 오케스트라의 현악기 파트처럼, 공간의 전반적인 분위기를 만들고 배경을 은은하게 채우는 기초 조명이다. 이는 직접적으로 눈에 띄기보다 공간 전체를 부드럽게 감싸는 '기본 밝기'를 확보하는 역할을 한다. 천장의 매입등이나 벽 또는 천장을 향해 빛을 보내는 간접조명이 이 역할을 하며, 공간 전체를 포근하게 감싸 심리적 안정감을 주는 회복의 빛이다.

- **부분(작업) 조명**Task Lighting : 클라리넷이나 플루트처럼 명확하고 집중된 선율을 연주하는 기능적인 조명이다. 독서, 요리, 공부 등 특정 활동에 필요한 밝기를 제공하며, 다른 곳은 어둡더라도 필요한 곳만 정확히 비추는 것이 특징이다. 식탁 위의 펜던트 조명이나

서재의 데스크 램프 등이 여기에 해당한다. 어떤 일에 깊이 빠져들도록 돕는 몰입의 빛이다.

- **강조(장식) 조명**Accent Lighting : 트럼펫이나 팀파니처럼 극적인 포인트를 주어 시선을 사로잡는 장식적인 조명이다. 일반적으로 전체 조명보다 최소 3배 이상 밝은 빛을 사용하여 시각적인 초점을 만들고 공간에 깊이감을 더한다. 벽에 걸린 그림이나 장식품, 아름다운 식물을 비추어 공간에 드라마를 더하며, 새로운 감각을 일깨우는 영감의 빛이다.

이 세 가지 빛의 레이어를 적절히 조합하고 필요에 따라 켜고 끄면서, 우리는 같은 공간이라도 상황과 기분에 따라 전혀 다른 교향곡을 연주할 수 있다. 예를 들어, 저녁 식사가 끝난 거실을 상상해 보라. 식탁을 밝히던 펜던트 조명(부분 조명)을 끈다. 천장의 부드러운 간접조명(전체 조명)은 공간에 은은한 온기를 남긴다. 소파로 자리를 옮겨 책을 읽기 위해 옆에 있는 플로어 스탠드(또 다른 부분 조명)를 켠다. 동시에 책장 위 가족사진을 비추는 작은 스포트라이트(강조 조명)가 그 순간을 특별하게 만든다.

벽 하나 움직이지 않았지만, 공간은 활기찬 식당에서 아늑한 서재로 완벽하게 변신했다. 단 하나의 강한 빛은 공간의 표정을 고정하지만, 여러 겹의 빛은 공간에 자유와 시간을 유연하게 선물한다. 이것이 바로 빛으로 공간에 '시간'과 '감정'을 부여하는 방법이다.

한눈에 보는 빛의 언어: 공간을 위한 조명 처방전

개념	의미	역할	적용 예시
색온도 (Kelvin, K)	빛의 색상. 낮을수록 붉고(따뜻), 높을수록 푸르다(차갑다).	공간의 '감정'과 분위기 조절. 휴식 또는 각성 유도.	휴식 공간(침실, 거실): 2700K~3000K / 작업 공간(서재, 주방): 4000K 이상
연색성(CRI)	빛이 사물의 본래 색을 얼마나 충실하게 재현하는지에 대한 지표 (태양광=100).	공간의 '정직함'과 시각적 쾌적함 결정.	일반 공간: CRI 80 이상 / 색의 정확도가 중요한 곳 (주방, 화장대, 옷방): CRI 90 이상
조도(Lux, lx)	특정 표면에 닿는 빛의 양, 즉 실제 '밝기'.	활동에 맞는 적절한 밝기 제공. 눈의 피로도와 작업 효율에 영향.	휴식: 100~200lx / 독서: 500~700lx / 정밀 작업: 1,000lx 이상
조명 레이어링	전체, 부분, 강조 조명을 겹쳐 사용하는 입체적 조명 계획.	공간에 깊이감, 유연성, 드라마를 부여. 단조로움을 피함.	전체(간접등)+부분(스탠드)+강조(스포트라이트)를 상황에 맞게 조합하여 사용.

나의 감정에 반응하는 공간: 기술과 거주의 만남

현대 기술은 우리가 빛을 다루는 데 섬세함과 내밀함을 더해주었다. 디밍Dimming, 즉 조광 기능은 빛의 밝기를 자유롭게 조절하게 해준다. 가족과 저녁 식사를 할 때는 100%로 밝게, 부부가 와인을 마실 때는 30%로 은은하게, 혼자 영화를 볼 때는 10%로 어둡게 조절하며 분위기를 연출할 수 있다. 디밍 스위치 하나로 우리는 회복과 몰입의 깊이를 마음대로 디자인할 수 있다.

더 나아가, 사물 인터넷IoT 기술을 접목한 스마트 조명은 조명 제어의 혁신을 가져왔다. 스마트폰 앱이나 음성 명령으로 집 안의 모든 조명을 제어할 수 있다. 기상 시간에 맞춰 조명이 일출처럼 서서히 밝아지며 부드럽게 우리를 깨우고(영감), 취침 시간이 되면 자동으로 조명이 따뜻하고 어두워져 숙면을 돕도록(회복) 설정할 수 있다. 스마트폰 앱에서 '독서 모드'라는 하나의 장면을 설정하면, 천장의 전체 조명은 30% 밝기로 낮아지고, 소파 옆 스탠드(부분 조명)는 4000K의 집중하기 좋은 빛으로 100% 밝아지며, 맞은편 그림을 비추는 강조 조명만 은은하게 켜지도록 한 번에 제어할 수 있다.

나는 이 기술이 하이데거가 말한 진정한 '거주'를 기술적으로 구현하려는 시도일 수 있다고 생각한다. 공간이 나의 상태에 반응하고 나를 지지하며 적극적으로 '돌보는' 것처럼 보이기 때문이다. 하지만 동시에 나는 새로운 질문을 던진다. 이러한 편리함이 과연 우리를 진정한 거주에 더 가깝게 만드는가? 혹은 공간을 돌보는 우리 자신의 섬세한 행위를 알고리즘에 위임함으로써, 새로운 형태의 소외를 낳는 것은 아닐까?

독일어에는 '슈티뭉Stimmung'이라는 아름다운 단어가 있다. 이는 단순히 '분위기'라는 뜻과 동시에, 악기를 조율하듯 '정교하게 조율된 상태'를 의미한다. '헤이 구글, 휴식 모드 켜줘'라는 음성 명령이, 내가 직접 조명을 낮추고 촛불을 켜며 그날의 감정에 맞게 나의 공간과 나 자신을 함께 조율하는 마음챙김Mindfulness 의식을 온전히 대체할 수는 없을 것이다. 마음챙김이란 판단 없이 현재 순간의 경험을 있는 그대로 알아차리는 것이며, 이 행위는 '나'의 작용을 잠시 멈추고 순수한 관찰자가 되는 훈련이다.

기술이 완벽한 '분위기'를 제공할 수는 있겠지만, 진정한 '거주'의 깊이는 공간과 능동적으로 관계 맺으며 스스로 '조율하는' 행위 속에서 발견된다. 따라서 스마트 기술을 유용하게 활용하되, 때로는 의식적으로 손으로 스위치를 내리고 촛불을 켜는 아날로그적 행위를 통해 공간과의 교감을 잃지 않으려는 노력이 필요하다. 거주는 때로 비효율적인 정성과 시간 속에서 더욱 깊어진다.

기술은 우리에게 놀라운 가능성을 열어주었지만, 그 기술로 나의 공간과 어떤 관계를 맺을지 선택하고, 자동화된 편리함 속에서 '돌봄'의 주체성을 잃지 않으려는 의식적인 노력은 결국 우리 자신의 몫으로 남는다.

빛은 단순히 공간을 밝히는 것을 넘어, 우리의 기분과 에너지, 하루의 리듬을 만든다. 이 워크북은 복잡한 진단 대신, 당신의 일상에 빛의 활력을 더하는 세 가지 간단한 질문으로 구성된다. 당신의 공간과 삶에 꼭 맞는 '빛의 리듬'을 발견하는 짧은 탐구를 시작해 보자.

1단계: 나의 빛 지도 그리기

먼저 판단 없이, 지금 당신의 공간에 머무는 빛을 관찰하고 느껴보는 시간이다.

질문: 하루 동안 당신의 집을 여행하는 빛을 따라가 보자.

- 가장 기분 좋은 빛: 우리 집에서 가장 기분 좋은 빛은 어디에, 언제 머무는가? (예: 오전 10시, 창가 소파. 나른하고 평화로운 느낌)

그 빛이 주는 느낌은 무엇인가? (예: 나른하고 평화로운 느낌)

이 좋은 빛을 더 오래, 더 넓게 공간에 머물게 하려면 무엇을 할 수 있을까? (예: 그 자리에 거울 놓기, 빛을 가리는 가구 치우기)

- 가장 아쉬운 그림자: 반대로, 빛이 아쉬워 가장 정체된 느낌을 주는 공간은 어디인가? (예: 오후 내내 어두운 부엌 구석)

그곳에 있으면 어떤 기분이 드는가? (예: 답답하고 처지는 기분)

2단계: 나의 빛에 이름 붙이기

이제 당신의 공간을 어떤 에너지로 채우고 싶은지 결정할 차례이다. 이것이 당신의 모든 조명 선택을 이끌 '안내등'이 될 것이다.

질문: 당신의 공간을 통해 가장 키우고 싶은 단 하나의 핵심 감정, 혹은 에너지는 무엇인가?

- 나의 안내등: 아래 목록에서 하나를 선택하거나 자신만의
  단어를 적어보자.
  ☐ 회복　　☐ 영감　　☐ 몰입　　☐ 평온　　☐ 안전
  ☐ 즐거움　☐ 활기

- 내가 선택한 감정:

3단계: 나의 빛 리듬 만들기

앞서 발견한 빛의 지도와 안내 등을 바탕으로, 당신의 하루를
위한 세 가지 작은 빛의 약속을 만들어 보자.

질문: 당신의 하루 리듬에 맞춰 빛을 어떻게 디자인하겠는가?

- 아침의 빛Morning Ritual: 아침을 깨우고 활기를 불어넣기 위한
  나만의 작은 행동은 무엇인가? (예: 기상 후 바로 침실 커튼을 활
  짝 열고 5분간 창가에 서 있기)

- 낮의 빛_{Sanctuary Ritual} : 2단계에서 정한 '안내등'의 감정을 온전히 느끼기 위해, 나만의 '빛 성소'를 만든다면 어떤 모습일까? (예: '평온'을 위해, 오후의 햇살이 드는 의자에 책 읽기 좋은 따뜻한 스탠드 조명을 더한다.)

- 저녁의 빛_{Evening Ritual} : 편안한 휴식을 위해, 잠들기 전 어떻게 빛을 바꾸겠는가? (켜야 할 빛과 꺼야 할 빛) (예: 천장 등은 끄고, 발밑을 비추는 간접조명이나 작은 스탠드만 켠다.)

당신이 만든 빛의 리듬은 세상에 하나뿐인 당신의 서명과 같다. 이제 공간과 나누는 다정한 대화가 시작된다.

당신의 공간은, 당신의 빛을 닮아간다.

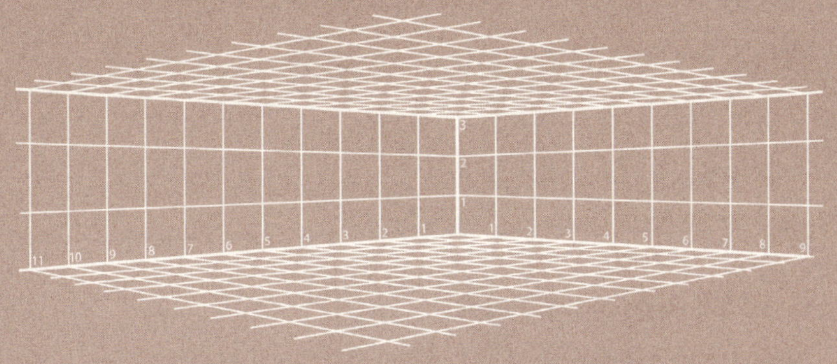

3장

색

: 당신의 이야기를 담는 공간의 언어

하나의 공간, 두 개의 마음

"저는 저 파란색은 도저히 안 돼요. 보기만 해도 우울해져요."
"산호색은 너무 가벼워요. 신혼집이 아니라 카페 같아요."

내 앞에 앉은 예비부부, 민수 씨와 지혜 씨의 신혼집 인테리어는 벽지 색 때문에 시작부터 난관에 부딪혔다. 민수 씨는 서재만큼은 깊이감 있는 짙은 파란색을, 지혜 씨는 거실에 활기를 불어넣을 산호색을 양보할 수 없다고 했다. 테이블 위로 냉랭한 기운이 감돌았다.

두 사람은 서로의 취향을 할퀴는 말을 쏟아냈지만, 나는 그들의 표정에서 분노보다 '왜 내 마음을 몰라주지?' 하는 깊은 서운함을 읽었다. 나는 그들이 단순히 '색'을 고집하는 것이 아님을 직감했다. 그들은 색이라는 가장 원초적인 언어로, 지금껏 말하지 못했던 각자의 내면 이야기를 하고 있었다.

우리는 공간의 '기능'이나 '스타일'에 대해서는 유창하게 말하지만, 그곳에서 느끼고 싶은 '감정'을 표현할 언어는 잘 모른다. 그래서 가장 직관적인 언어인 '색'으로 마음을 드러내곤 한다. 색은 이성을 거치지 않고 감정에 직접 말을 거는 원초적 언어다. 논리가 아닌 몸으로, 분석이 아닌 기억으로 와닿는다.

민수 씨의 파란색과 지혜 씨의 산호색은 단순한 색의 대립이 아니었다. 그것은 세상의 소음에서 벗어나 내면으로 침잠하려는 '몰입'의 욕구와, 따뜻한 관계 속에서 치유와 에너지를 얻으려는 '회복과 영감'의 욕구 사이의 충돌이었다.

나는 컬러칩을 잠시 치우고, 색이 아닌 각자의 어린 시절과 가장 편안했던 공간에 관해 물었다. 막다른 길에 다다랐을 때 내가 종종 쓰는 방법이다. '어떻게How'의 논쟁을 멈추고 '왜why'라는 근원으로 돌아가는 것이다. 기술적인 해법 이전에, 두 삶이 한 공간에서 어떻게 공존할지에 대한 철학적 질문이 먼저 해결되어야만 했다. 공간을 통해 채우려던 진정한 감정적 필요를 이해하지 못하면, 어떤 아름다운 색도 그들의 공간에 뿌리내릴 수 없기 때문이다.

색은 공간의 옷이 아니라 내면을 비추는 거울이자 소통의 언어다. 유행을 따르기 전에, 당신의 마음을 움직이는 색이 어떤 이야기를 건네는지 귀 기울이는 과정이 무엇보다 중요하다. 그 목소리를 통해 진정으로 원하는 '기분 좋은 공간'을 발견할 수 있다. 그 목소리를 따를 때, 당신의 공간은 비로소 세상에 단 하나뿐인 당신만의 색을 갖게 된다.

1. 당신의 감정을 해독하는 코드

보편의 언어: 색은 어떻게 우리 뇌에 말을 거는가

우리는 색을 논리적으로 분석하기 전에 본능적으로 느낀다. 잘 익은 사과의 붉은색에 침을 삼키고 상한 음식의 푸른빛에 거부감을 느끼며, 숲의 녹색에서 평온을 얻는 것은 생존 과정에서 유전자에 각인된 원초적 기억의 산물이다.

색채 심리학은 이처럼 색이 인간의 감정과 행동, 무의식에 미치는 깊은 관계를 탐구하는 학문이다. 괴테가 『색채론』에서 통찰했듯, 색은 단순한 시각 현상을 넘어 감정을 전달하는 조용한 언어다. 모든 색은 고유의 파장을 가진 에너지로, 우리 몸과 마음에 물리적인 영향을 미친다. 색의 파장은 시신경을 통해 뇌의 중추신경계와 내분비기관을 자극하여 호르몬 분비에 직접 관여한다. 가령 파장이 긴 붉은색은 아드레날린 분비를 촉진해 심장을 뛰게 하고, 파장이 짧은 파란색은 신경을 안정시켜 맥박을 가라앉힌다.

이러한 생리적 반응은 뇌파 측정을 통해서도 과학적으로 증명된다. 붉은색 계열은 활동적 집중 상태의 베타파를, 녹색이나 파란색 계열은 평온한 명상 상태의 알파파를 증가시킨다는 연구 결과가 이를 뒷받침한다.

추상화가 칸딘스키는 한 걸음 더 나아가 색을 소리와 감정에 직접 연결했다. 그는 밝은 노랑을 날카로운 트럼펫 소리에 깊은 파랑을 첼로의 장엄한 선율에 비유하며, 색이 망막이 아닌 영혼을 직접 진동시킨다고 믿었다. 이는 색이 감각을 넘어 영혼과 직접 공명할 수 있다는 심오한 통찰이다.

하지만 동시에 색은 섬세한 뉘앙스를 품고 있다. 같은 빨강이라도 소방차의 쨍한 빨강과 와인의 버건디 레드는 전혀 다른 감정을 불러일으킨다. 지혜 씨가 원했던 산호색

역시 발랄한 오렌지와 부드러운 핑크 사이의 오묘한 지점
에 있는 따뜻하고 세련된 뉘앙스의 색이었다.

색을 안다는 것은 단순히 '빨강, 파랑'이 아닌, '어떤 빨강,
어떤 파랑'인지를 구분하는 것이다. 이는 '사랑'이라는 한
단어 안에서 연인의 열정과 자식에 대한 헌신의 차이를 아는
것과 같다. 이 미묘한 차이를 이해하고 활용할 때, 비로소
색의 언어로 공간에 깊이를 더할 수 있다.

감정의 팔레트: 회복, 영감, 몰입을 위한 색 처방

각각의 색이 우리의 감정과 행동에 어떤 영향을 미치는지
이해하면 공간의 목적에 맞는 색을 전략적으로 처방할 수
있다. 이제 각 색이 우리가 추구하는 회복, 영감, 몰입의
공간과 어떻게 연결되는지 민수 씨와 지혜 씨의 이야기를
따라가며 살펴보자.

• 파랑 Blue : 몰입과 회복의 깊은 바다
민수 씨가 끌렸던 파랑은 들뜬 마음을 차분히 가라앉
히고, 시선을 외부가 아닌 내면으로 향하게 하는 강력한

'몰입'의 색이다. 바다나 밤하늘을 닮은 파랑은 심리적 안정감과 집중력을 높여 주변 소음을 차단하고 자신에게 오롯이 파고드는 시간을 선물한다. 또한 파란색은 식욕을 억제하는 효과가 있어 다이닝 공간보다는 휴식 공간에 더 적합하다. 동시에 파랑은 흥분된 마음을 잠재워 고요 속에서 상처를 어루만지는 '회복'의 순간을 만든다.

다만 민수 씨의 공간에 파랑을 처방할 때, 자칫 차갑거나 외로운 느낌을 줄 수 있다는 점을 주의해야 한다. 따라서 따뜻한 질감의 소재나 조명으로 균형을 맞추는 섬세한 조율이 필요하다.

• 노랑Yellow & 빨강Red : 영감을 깨우는 즐거운 에너지

지혜 씨가 선택한 산호색의 바탕인 노랑과 빨강 계열은 전혀 다른 에너지를 가진다. 빛과 가장 가까운 노랑은 행복과 낙천적인 기운을 불어넣어 뇌 활동을 자극하고 창의적인 생각을 돕는다. 특히 좌뇌를 자극하여 분석적 사고와 기억력을 향상하는 효과가 있다. 즐거운 대화를 이끌고 새로운 아이디어를 샘솟게 하는 훌륭한 '영감'의 색이다. 여기에 빨강의 열정이 더해지면 아드레날린이 분비되어 심장을 뛰게 하고 관계에 활기를 더한다.

지혜 씨가 원했던 것처럼 노랑과 빨강은 아이 방, 주방처럼 즐거움과 활력이 필요한 곳을 위한 완벽한 처방이다. 단, 이 색들의 에너지가 너무 강하면 불안감을 유발할 수 있으므로, 공간 전체보다는 포인트를 주는 방식으로 사용하는 지혜가 필요하다. 특히 빨간색은 시간의 흐름을 실제보다 길게 느끼게 해, 넓은 면적에 사용하면 초조함을 유발할 수 있으니 주의해야 한다.

• 초록Green : 모든 것을 품어주는 치유의 숲

때로는 깊은 몰입도, 밝은 영감도 아닌, 그저 가만히 기댈 수 있는 휴식이 필요할 때가 있다. 그때 우리는 초록을 떠올려야 한다. 숲과 나무의 색인 초록은 우리 눈의 피로를 덜고 마음을 평온하게 하는, 가장 강력한 '치유'의 색이다. 지친 영혼이 잠시 닻을 내리는 '회복'의 감각과 가장 잘 어울린다. 실제로 녹색 공간을 바라보는 것만으로도 스트레스 호르몬 수치가 낮아진다는 연구 결과도 있다.

휴식이 필요한 침실이나 서재, 어디에 사용해도 실패 없는 가장 안전하고 따뜻한 처방전이다.

• 보라Purple : 예술적 영감과 신비로운 몰입

지혜 씨의 영감을 자극하던 빨강의 열정과 민수 씨의 몰입을 돕던 파랑의 차분함이 만나면 보라가 된다. 예로부터 고귀함을 상징했던 이 색은 예술적 영감과 창의력을 자극하여 평범함의 틀을 깨는 '영감'의 힘을 준다. 동시에 깊은 명상을 위한 '몰입'의 공간에도 잘 어울리는 양면적인 매력을 지녔다.

다만 어떤 색이 더 많이 섞였느냐에 따라 그 효과는 달라진다. 붉은 기운이 강한 보라는 에너지를 더하고, 푸른 기운이 강한 보라는 명상적인 분위기를 만든다. 특별한 아이디어가 필요한 작업실이나 온전히 나에게 집중하는 명상 공간에 어울리는 처방이다.

• 흰색White : 모든 것을 비워내고 채울 수 있는 가능성

어쩌면 민수 씨의 몰입과 지혜 씨의 영감, 그 모든 시간의 시작은 흰색이었을지 모른다. 흰색은 순수와 비움의 색으로 모든 빛을 반사해 공간을 넓고 환하게 만든다. 특정 감정을 강요하지 않는 이 중립적인 태도는 온전한 비움을 통해 마음을 정리하는 '회복'의 공간을 위한 완벽한 바탕이 된다. 또한 어떤 색과도 어울리는 훌륭한 캔버스

로서, 새로운 아이디어를 받아들일 준비가 된 '영감'의 색이기도 하다.

다만 섬세하게 사용하지 않으면 공간이 차갑고 공허하게 느껴질 수 있다. 따뜻한 조명이나 다양한 질감의 소품으로 온기를 더해야 비로소 살아있는 공간이 된다.

● 검정Black : 모든 것을 차단하는 궁극의 몰입

민수 씨가 외부 세계와의 완전한 단절을 통해 궁극의 '몰입'을 원했다면, 그는 검정을 선택했을 것이다. 모든 빛을 흡수하는 검정은 공간에 깊이와 무게감을 더하며, 외부의 시각적 소음을 완벽히 차단한다. 이를 통해 깊은 사색이나 고도의 집중을 위한 절대적인 몰입 환경을 만들 수 있다.

하지만 검정은 가장 강력한 색인 만큼 신중한 처방이 필요하다. 공간을 실제보다 좁고 무겁게 만들 수 있으며, 때로는 압도적이거나 우울한 느낌을 줄 수 있다. 또한 빛을 흡수하므로, 공간이 지나치게 어둡고 답답해지지 않도록 충분한 자연광과 계획적인 인공조명을 확보하는 것이 무엇보다 중요하다. 넓은 공간에 사용하거나 빛을 반사하는 소재와 함께 사용하여 그 힘을 현명하게 조절해야 한다.

기억의 언어: 당신의 역사가 만든 '나만의 색'

색의 보편적 의미를 넘어, 그 해석은 문화와 개인의 경험에 따라 달라진다. 서양에서 흰색은 순결을 상징하지만, 동양 일부에서는 장례의 색이다. 북유럽 인테리어에 흰색과 밝은 나무색이 주로 쓰이는 것은 긴 겨울과 짧은 해 속에서 집 안을 밝고 따뜻하게 유지하려는 문화적 배경 때문이다.

하지만 모든 보편적, 문화적 상징보다 강력하게 감정을 지배하는 것은 개인적인 경험과 기억이 만든 '나만의 색'이다. 조심스럽게 시작된 대화 속에서 민수 씨와 지혜 씨가 고집했던 색의 뿌리가 서서히 드러났다.

혼자만의 시간을 즐겼던 민수 씨에게 파란색은 우울함이 아닌 '자유'와 '몰입'의 기억이었다. 그는 닫힌 문 안에서 파란색 백과사전을 읽고 밤하늘을 보며 온전히 자신에게 집중하는 충만함을 느꼈다. 그 경험은 파랑을 지성과 평온의 색으로 각인했다.

반면, 대가족 속에서 자란 지혜 씨에게 산호색은 '함께 있음'이 주는 온기였다. 명절의 소란함, 할머니가 떠주신 복숭아색 스웨터의 포근함. 그녀에게 산호색은 '함께 있음'이 주는 따뜻한 안정감과 행복의 상징이었다. 이는 지친 몸과 마음을 재충전하는 '회복'의 공간이자, 교류를 통해 새 에너지를 얻는 '영감'의 공간에 대한 바람이었다.

이처럼 색은 프루스트의 마들렌처럼 잊힌 감각과 기억을 소환하는 방아쇠가 된다. 나에게는 처음 독립했을 때의 낡은 갈색 책상이 그런 존재다. 내 몸이 그 색이 주던 위안과 안정감을 기억하기에, 지금도 마음이 복잡하면 오래된 나무 가구가 있는 공간을 찾는다.

서로의 이야기를 듣고 나서야 두 사람은 상대가 고집한 색이 단순한 취향이 아닌 존중해야 할 개인의 역사이자 내면의 풍경임을 깨달았다. 이것이 유행하는 색을 무작정 따라서는 안 되는 이유다. 잡지 속 세련된 회색 집이 누군가에게는 세련된 몰입의 공간이지만, 누군가에게는 외로움과 결핍의 풍경일 수 있기 때문이다.

당신의 어린 시절 가장 행복했던 기억, 소중했던 사람, 잊을 수 없는 풍경 속에 등장했던 색은 무엇인가? 바로 그 색들이 당신의 공간에 진정한 깊이와 영혼을 부여하는 가장 강력하고 소중한 재료다.

2. 공간을 빚는 색의 연금술

색은 공간을 꾸미는 것을 넘어, 빛과 만나 표정을 바꾸고 공간의 온도, 크기, 무게감을 조절하여 우리가 느끼는 공간 경험 자체를 바꾼다. 나는 이 과정을 색을 통해 공간의 본질을 바꾸는 '색의 연금술'이라 부른다.

빛의 마법: 색의 표정을 바꾸는 조명

지혜 씨는 매장에서 첫눈에 반했던 산호색 페인트 샘플을 집에 가져와 보고는 실망했다. "제가 봤던 색이 아니에요. 훨씬 칙칙하고 힘이 없어요." 지혜 씨가 실망한 것은 당연하다. 색은 조명에 따라 전혀 다른 얼굴을 보여주는 카멜레온과 같기 때문이다. 매장의 밝은 조명 아래서 본

색과 집의 어두운 조명 아래서 본 색이 다른 것은 지극히 자연스러운 현상이다. 전문가들은 이를 '메타메리즘Meta-merism, 조건등색'이라고 부른다.

메타메리즘이란 같은 색이라도 어떤 빛(광원) 아래에서 보느냐에 따라 전혀 다른 색으로 인식되는 현상이다. 물체는 고유의 색을 갖는 것이 아니라 특정 파장의 빛을 반사할 뿐이다. 따라서 비추는 빛이 달라지면 반사되는 빛도 달라져 결국 우리 눈에 다른 색으로 보이는 것이다. 이는 매장에서 고른 옷이 집에 와서 입어보니 달라 보이는 경험과 같다. 이런 일이 생기는 이유는 2장에서 언급한 빛의 두 가지 핵심 속성인 '색온도'와 '연색지수' 때문이다.

나 역시 비슷한 실수를 한 경험이 있다. 서재에 칠할 회색 페인트를 골랐는데, 조명 가게의 밝은 빛 아래서는 완벽해 보였지만 집의 따뜻한 조명 아래서는 미지근하고 애매한 색으로 변해버렸다. 결국 여러 샘플을 실제 집 조명 아래서 테스트한 후에야 마음에 드는 색을 찾을 수 있었다. 이 경험을 통해 나는 색을 고르는 행위가 곧 빛을 고르는 행위와 같다는 것을 깨달았다.

이처럼 색은 빛에 따라 표정을 바꾼다. 따라서 실패 없는 색 선택의 가장 중요한 원칙은, 그 색이 쓰일 공간의 실제 조명 아래서 확인하는 것이다. 가게의 작은 샘플이나 모니터 화면 속 색상만 믿고 결정하는 것은 위험하다. A4 크기 이상의 큰 샘플을 실제 벽에 붙여보고, 아침의 자연광, 해 질 녘, 그리고 밤의 인공조명 아래서 어떻게 보이는지 하루 이틀 관찰하는 것이 후회를 막는 가장 확실한 방법 이다.

온도의 조절: 따뜻한 환대 vs 시원한 평온

- **따뜻한 색(난색)Warm Color：** 빨강, 주황, 노랑처럼 불과 태양을 연상시키는 색이다. 교감신경을 자극해 체감 온도를 2~3도 정도 높이는 효과가 있다. 공간을 아늑 하고 친밀하게 만들어 거실이나 다이닝 공간에 적합 하며, 사람들을 모이게 하고 대화를 이끌어 영감과 회복의 공간을 만드는데 탁월하다.
- **차가운 색(한색)Cool Color：** 파랑, 남색, 청록처럼 물과 하늘, 숲을 연상시키는 색이다. 부교감신경을 자극하여 체감 온도를 낮추고 공간을 더 시원하고 차분하게

만든다. 흥분된 마음을 가라앉히고 집중력을 높여주
므로 숙면이 필요한 침실, 공부나 업무를 위한 서재에
효과적이며, 고요한 회복과 몰입의 공간을 만드는 데
이상적이다.

- **중립적인 색**(중성색)Neutral Color : 흰색, 회색, 베이지 등
어디에도 치우치지 않는 색이다. 다른 색을 돋보이게
하는 훌륭한 배경이 되어주며, 자극이 없어 편안함과
세련된 분위기를 연출한다. 완벽한 회복의 공간을 만들
거나, 영감과 몰입을 위한 무대를 마련해 주는 가장
유연한 색이다.

공간감의 착시: 넓히고 줄이는 색의 힘

- **확장색**Advancing Color : 밝고 따뜻한 색(흰색, 아이보리
등)은 빛을 많이 반사하여 실제보다 더 앞으로 튀어나
오고 커 보이는 착시 효과를 일으킨다. 좁은 공간의
벽이나 천장에 사용하면 공간이 훨씬 넓고 환해 보이는
효과를 얻을 수 있다. 특히 벽과 천장을 같은 밝은색
으로 칠하면 둘 사이의 경계가 모호해져 공간이 수직
으로 확장되는 듯한 극적인 효과를 낼 수 있다. 눈은

밝은 것을 가깝게, 어두운 것을 멀게 인식한다.

이 시각적 원리는 공간에 개방감을 부여하고 답답함을 해소하며, 자유로운 영감을 이끌어 내는 것에 효과적이다.

- **수축색**Receding Color : 어둡고 차가운 색(짙은 네이비, 다크 그린 등)은 빛을 흡수하여 실제보다 더 뒤로 물러나고 작아 보이는 착시 효과를 일으킨다. 너무 넓고 휑한 공간에 안정감을 주거나, 집중이 필요한 공간을 더 아늑하고 깊이감 있게 만들 수 있다. 예를 들어, 좁고 긴 방의 가장 안쪽 벽에 수축색을 칠하면 벽이 실제보다 더 멀리 있는 것처럼 느껴져 방의 비례가 균형 잡혀 보인다.

  이는 포근한 동굴 같은 회복과 몰입의 공간을 만드는 데 유용하다.

안정감의 비밀: 색의 무게와 '하중상경'의 원칙

뇌는 색을 볼 뿐만 아니라 무게를 느낀다. 일반적으로 밝은색은 가볍게, 어두운색은 무겁게 느낀다. 우리가 수만 년간 적응해 온 자연에서 무거운 땅은 아래에, 가벼운 하늘은 위에 있다. 이처럼 어두운색이 아래에 있고 밝은색이 위에 있을 때 본능적인 시각적 안정감을 느낀다.

이 '하중상경下重上輕'의 원칙을 인테리어에 적용하면 실패 없는 공간을 만들 수 있다. 즉, 바닥재는 비교적 어둡게, 벽은 중간 톤으로, 천장은 가장 밝은색으로 하는 것이다. 이 원칙은 심리적 안정감과 깊은 관련이 있다. 땅은 어둡고 하늘은 밝다는 자연의 질서는 우리 뇌리에 '안전함'의 신호로 각인되었다. 우리의 뇌는 진화적으로 땅이 발밑에 단단히 있고 하늘이 위에 열려 있을 때 가장 큰 안정감을 느끼도록 설계되었다. 땅에 발을 딛고 선 듯한 감각이야 말로, 편안한 회복의 공간을 만드는 가장 기본적인 조건 이다.

실패하지 않는 선택: 대지의 색, 자연의 품

흙, 나무, 돌, 모래 등 대지에서 온 색들을 '자연의 색 Earthy Tone'이라 부른다. 베이지, 브라운, 테라코타, 카키, 올리브 그린 등이 여기에 속한다. 인간은 본능적으로 자연 과 연결될 때 편안함을 느끼므로(바이오필리아), 자극적인 비비드 컬러와 달리 자연의 색은 실패 없이 편안함을 선사한다.

자연의 색은 뇌에 불필요한 긴장을 풀고 쉬게 하므로, 완벽한 회복의 공간을 위한 색이다. 또한 유행을 거의 타지 않는 클래식 컬러이며 어떤 가구나 소품과도 자연스럽게 어우러진다. 색채 감각에 자신 없는 초보자가 베이스 컬러로 선택했을 때 실패 확률이 가장 적은 안전한 선택지다.

다만 단조로울 수 있으므로, 다양한 자연의 질감을 함께 활용하여 공간에 깊이를 더하는 것이 중요하다.

3. 당신의 서사를 담는
퍼스널 컬러 팔레트 설계

집은 단순히 머무는 물리적 공간을 넘어, 한 사람의 삶과 정체성을 담아내는 서사적 무대다. 자신만의 색상 팔레트를 만드는 것은 기억, 열정, 꿈과 같은 내면세계를 공간이라는 캔버스에 시각적으로 번역하는 창조적 작업이다. 이는 표면적 장식을 넘어, 공간과 깊은 유대를 형성하고 그 안에서 온전한 나 자신으로 존재하기 위한 심리적 건축 과정이다.

많은 사람이 유행이나 막연한 취향에 따라 공간을 꾸미지만, 진정으로 마음을 울리는 공간은 거주자의 삶의 철학과 깊이 공명할 때 탄생한다. 따라서 이 챕터는 '나는 이 공간에서 어떻게 살고 싶은가?'라는 근원적 질문에 대한 시각적 해답을 찾는 과정을 안내한다. 추상적인 철학을 구체적이고 실행 가능한 디자인 방법론으로 전환 시키는 것을 목표로 한다.

이 과정은 내면을 탐색하여 공간의 핵심 기능을 정의하는 '왜why'에서 출발한다. 나아가 색채 이론과 배색 원리라는 실용적 도구인 '어떻게How'를 거쳐, 당신만의 서사가 담긴 완성된 공간인 '무엇what'에 도달하는 포괄적인 로드맵을 제시한다. 이 과정을 통해 당신은 자신의 삶을 공간에 구현하는 '공간의 작가'가 될 것이다.

1단계: 모든 색은 당신에게서 시작된다
– 내면의 지도 그리기

색채 팔레트 설계의 첫걸음은 외부의 트렌드를 살피는 것이 아니라, 내부의 지도를 그리는 것이다. 이 과정은 추상적인 자기 성찰을 넘어, 당신의 심리적 DNA를 해독하고 이를 공간의 기능적 청사진으로 변환하는 체계적인 작업이다. 이 단계를 통해 당신의 공간이 수행해야 할 가장 본질적인 역할을 명확히 정의한다.

1) 성소인가, 무대인가: 공간의 심리적 DNA 해독하기

모든 공간은 거주자의 핵심적인 심리적 필요에 부응해야 한다. '성소'와 '무대'라는 개념은 이러한 필요를 이해하는 강력한 프레임워크를 제공한다.

'성소'는 외부 세계의 자극으로부터 자신을 보호하고 에너지를 재충전하는 내향적 안식처를 의미하며, '무대'는 타인과의 교류를 통해 활력을 얻고 관계를 형성하는 외향적 공간을 상징한다.

다음 질문에 대한 당신의 무의식적인 반응을 통해 공간에 대한 근원적 욕구를 발견할 수 있다.

- **상황 1**: 친구로부터 10분 뒤에 도착한다는 갑작스러운 연락을 받았고, 집은 어질러진 상태다.
  - "괜찮아, 그냥 들어와."라고 반응한다면, 당신은 완벽한 상태보다 관계의 즉각적인 연결을 우선시한다. 집은 관계가 펼쳐지는 '무대'로서의 기능이 더 중요하다.
  - "미안하지만, 다음에 만나자."고 정중히 거절한다면, 당신은 타인에게 공간을 개방하기 전 통제된

환경을 만들고자 한다.

집은 외부로부터 보호받는 안전한 '성소'로서의 역할이 중요하다.

- 상황 2: 이사할 집을 고르고 있다.
  - 다소 서늘하지만 넓고 개방적인 집을 선택한다면, 당신은 공간의 물리적 가능성을 중시하며 활동적인 '무대'로서의 잠재력을 높이 평가한다.
  - 다소 좁더라도 아늑하고 포근한 집을 선택한다면, 당신은 심리적 안정감을 최우선으로 고려하며 몸과 마음을 감싸주는 '성소'로서의 기능을 갈망한다.

- 상황 3: 집에 놀러 온 친구가 "너희 집 호텔 같다"고 말했을 때의 반응이다.
  - "정말? 고마워!"라며 기뻐한다면, 당신은 타인에게 보여주기 좋은 '무대'로서의 공간에 자부심을 느낀다.
  - "그런가? 나는 그냥 편한 게 좋은데."라며 멋쩍어 한다면, 당신은 타인의 평가보다 나 자신이 느끼는 편안함, 즉 '성소'로서의 기능에 더 큰 가치를 둔다.

이러한 반응을 종합하면, 당신의 공간이 '성소'와 '무대' 중 어느 쪽에 더 무게를 두어야 하는지 명확해진다. 대부분 두 가지 성향을 모두 가지고 있으므로, 어느 기능이 주가 되고 부가 되는지 파악하는 것이 중요하다. 이는 앞으로의 모든 색채 선택에 있어 가장 중요한 기준점이 된다.

2) 영감의 채집: 당신만의 시각적 어휘 구축하기

내면의 지도를 그렸다면, 이제 외부 세계에서 영감의 조각들을 수집하여 자신만의 고유한 '시각적 어휘'를 구축할 차례다. 이는 단순히 유행하는 인테리어 이미지를 스크랩하는 행위를 넘어선다. 당신의 삶이 남긴 고유한 흔적, 즉 당신의 서사가 담긴 대상들 속에서 공명의 순간을 포착하는 과정이다.

다음과 같은 대상을 중심으로 자신만의 무드보드를 만들어야 한다.

- 아끼는 옷이나 스카프: 그 색감과 질감이 왜 자신에게 안정감이나 자신감을 주는지 생각해 본다.
- 잊을 수 없는 영화의 한 장면: 특정 장면의 색채 구성이 어떤 감정을 불러일으켰는지 기억해 본다.

- 인생 여행지의 풍경 사진: 그곳의 빛, 하늘, 땅의 색이 자신에게 어떤 의미로 남아있는지 탐색한다.
- 마음을 움직인 예술 작품: 그림이나 조각에서 반복적으로 나타나는 색채 조합을 관찰한다.

가장 중요한 단계는 '감정의 주석'을 다는 행위다. 수집한 각 이미지나 사물 옆에 다음 질문에 대한 답을 기록하는 것이다.

- "이것이 왜 내 마음을 움직였는가?"
- "이 안에서 나는 어떤 감정(회복, 몰입, 영감)을 느끼는가?"
- "이 이미지 속에서 가장 눈에 띄는 색은 무엇이며, 그 색은 어떤 역할을 하는가?"

이 '감정의 주석'은 흩어져 있던 시각적 데이터에 당신의 서사라는 의미의 맥락을 부여한다. 예를 들어, 토스카나의 풍경 사진, 테라코타 화분, 낡은 가죽 가방을 모아놓고 보니 모두 따뜻하고 자연스러운 흙빛Earthy Tone을 공유하고 있음을 발견할 수 있다. 이는 단순히 '갈색 계열을 좋아한다'는 표면적 취향을 넘어, '나는 자연과의 연결, 진정성, 시간의 흔적에서 깊은 안정감을 느낀다'는 내면의 서사를 발견하는 과정이다. 이 과정을 통해 당신의 색채 팔레트는 단순한 색의 조합이 아닌, 가치관과 삶의 이야기가 담긴 상징적 집합체가 된다.

3) 마음을 공간으로: 회복, 몰입, 영감의 기능 지도

자기 진단과 시각적 어휘 구축을 통해 얻은 통찰을 이제 집이라는 물리적 공간에 적용할 차례다. 세 가지 핵심 기능 −회복, 몰입, 영감−을 보다 명확하게 정의하고, 이를 집에 매핑하는 '기능 지도'를 제작한다.

- 회복(Recovery): 심리적 안정과 휴식을 위한 공간이다. 긴장을 풀고 에너지를 재충전하는 것이 주된 목적이다. (예: 침실, 욕실, 조용한 거실, 독서 공간)
- 몰입(Immersion): 깊은 집중과 흐름 상태를 유도하는 공간이다. 일, 공부, 취미 활동 등 특정 과업에 집중하는 것이 목적이다.(예: 서재, 홈오피스, 작업실, 주방)
- 영감(Inspiration): 창의성, 활력, 사회적 교류를 촉진하는 공간이다. 새로운 아이디어를 얻거나 사람들과 즐거운 시간을 보내는 것이 목적이다.(예: 다이닝룸, 활기찬 거실, 아이들 놀이방)

집 평면도를 꺼내 각 공간(거실, 침실, 서재 등)에 이 세 가지 기능 중 가장 중요한 주된 기능을 하나씩 부여한다. 거실은 주로 가족과 함께 편안히 쉬는 '회복'의 공간일 수도 있고, 친구들을 초대해 대화하는 '영감'의 공간일 수도 있다. 이 기능 지도는 심리적 필요가 실제 공간에서 어떻게 구현되어야 하는지를 명확히 보여주는 청사진이 되며, 다음 단계에서 색채 조합 원리를 적용할 때 결정적인 가이드 역할을 한다.

2단계: 색의 문법을 익히다
– 조화로운 배색의 원리

서사를 담은 색들을 찾았다면, 이제 그것들을 어떻게 조화롭게 엮어 하나의 통일된 이야기로 만들지 배워야 한다. 이때 색상환과 기본적인 배색 원리는 나침반처럼 명확한 방향을 제시한다. 각 배색 원리는 고유한 감정적 효과를 지니며, 1단계에서 정의한 공간의 핵심 기능(회복, 몰입, 영감)과 직접적으로 연결된다.

4) 색의 세 가지 얼굴: 색상, 명도, 채도

본격적인 배색 원리를 탐구하기에 앞서, 색채의 기본 언어를 이해해야 한다. 색상환은 색들 간의 관계를 시각적으로 보여주는 지도다. 모든 색은 세 가지 핵심 요소로 구성된다.

- **색상(Hue)**: 우리가 흔히 말하는 '색'의 이름이다.(예: 빨강, 파랑, 노랑)
- **명도(Value)**: 색의 밝고 어두운 정도를 의미한다. 흰색이 섞이면 명도가 높아지고(밝아지고), 검은색이 섞이면 명도가 낮아진다(어두워진다).
- **채도(Saturation/Chroma)**: 색의 맑고 탁한 정도, 즉 선명도를 의미한다. 채도가 높으면 '쨍한' 원색에 가깝고, 채도가 낮으면 회색빛이 섞인 차분한 색이 된다.

이 세 가지 요소를 이해하는 것은 단순히 색을 고르는 것을 넘어, 색의 미묘한 뉘앙스와 감정적 무게를 조율하는 능력을 갖추게 됨을 의미한다.

5) 감정을 조율하는 세 가지 배색의 기술

이제 색상환을 바탕으로 공간의 목적에 맞는 분위기를 연출하는 세 가지 핵심 배색 기법을 심층적으로 살펴본다.

- 유사색 배색: 가장 온화한 조화의 언어
  - 정의: 색상환에서 서로 이웃한, 비슷한 계열의 색들을 함께 사용하는 방법이다(예: 노랑, 연두, 초록). 이 배색은 색상 간의 차이가 적어 시각적으로 매우 부드럽고 통일감 있는 조화를 이룬다.
  - '회복'을 위한 적용: 유사색 배색은 자연에서 흔히 볼 수 있는 그라데이션처럼 편안하고 안정적인 분위기를 조성하는 데 탁월하다. 따라서 '회복'이 핵심 기능인 공간, 예를 들어 침실이나 안락한 거실에 가장 이상적이다.
  - 구체적인 묘사: 새벽녘 숲 속을 테마로 한 '회복'의 거실은 다음과 같이 구현할 수 있다. 벽은 부드러운 세이지 그린Sage Green 색상으로 한다. 그 앞에 놓인 패브릭 소파는 조금 더 깊이감 있는 올리브 그린Olive Green이며, 그 위에는 봄의 새싹을 연상시키는 샤르트뢰즈Chartreuse 색상의 쿠션이 놓여 있다. 이처럼

미묘하게 다른 녹색 계열이 겹겹이 쌓여 만들어내는 공간은 시각적 자극이 거의 없어 눈이 편안하고, 마음을 차분하게 가라앉히는 깊은 평온함을 선사한다.

- **톤온톤 배색: 깊이와 세련미를 더하는 기술**
  - 정의: 하나의 동일한 색상Hue 계열 안에서 명도(밝기)와 채도(선명도)에만 변화를 주어 조합하는 기법이다(예: 밝은 베이지, 카멜, 다크 브라운). 이는 실패 확률이 거의 없으면서도 공간에 세련미와 깊이감을 더하는 가장 효과적인 기술 중 하나다.
  - '몰입'과 '안정적 회복'을 위한 적용: 톤온톤 배색은 차분하고 정돈된 인상을 주어 '몰입'이 필요한 서재나 홈 오피스에 적합하다. 동시에, 여러 겹의 색조가 주는 풍부함은 고급스럽고 아늑한 분위기를 만들어 '안정적 회복'을 위한 침실이나 거실에도 효과적으로 사용될 수 있다.
  - 구체적인 묘사: 깊은 '몰입'을 위한 서재는 다음과 같이 연출할 수 있다. 벽면은 차분함을 주는 옅은 그레이시 블루Grayish Blue로 마감한다. 책장은 그보다

한 톤 어두운 데님 블루Denim Blue 색상으로 공간의 무게 중심을 잡아준다. 책상 의자는 깊고 지적인 느낌의 네이비 블루Navy Blue 가죽으로 마감되어 있다. 이처럼 파란색이라는 단일한 색상이 밝고 어두움의 스펙트럼을 넘나들며 공간을 채울 때, 시각적 혼란 없이도 풍부한 레이어가 형성된다. 이는 정신을 산만하게 하는 요소 없이 오롯이 생각에 잠길 수 있는, 깊이 있는 '몰입'의 환경을 조성한다.

- 보색 배색: 공간에 활력을 불어넣는 마법
  - 정의: 색상환에서 정반대에 위치한 색들을 함께 사용하는 방법이다(예: 파랑과 주황, 빨강과 초록). 이 조합은 강렬한 시각적 대비를 통해 공간에 활기와 개성을 불어넣는다.
  - '영감'을 위한 적용: 보색 대비는 시선을 사로잡고 에너지를 증폭시키는 효과가 있어, 창의적인 '영감'이 필요한 공간에 적합하다. 하지만 넓은 면적에 사용하면 지나치게 자극적이거나 어지러워 보일 수 있다. 따라서 쿠션, 액자, 작은 가구 등 좁은 면적에 포인트로 활용하는 것이 현명하다.

- 구체적인 묘사: 창의적인 '영감'을 위한 작업 공간은 다음과 같이 구성할 수 있다. 공간의 전체적인 배경은 차분한 뉴트럴 그레이와 화이트로 이룬다. 이 고요한 캔버스 위에, 책상 위에는 생기 넘치는 오렌지색 스탠드 조명이 놓여 있고, 맞은편 벽에는 깊은 바다를 연상시키는 코발트 블루Cobalt Blue 색상의 추상화가 걸려 있다. 이 작은 보색 대비의 요소들은 마치 조용한 공간에 울리는 경쾌한 음악처럼, 창의적인 사고를 자극하고 공간 전체에 생동감 넘치는 리듬을 부여한다. 이는 과하지 않으면서도 강력한 '영감'의 한 방울을 떨어뜨리는 세련된 방식이다.

이 세 가지 배색 원리는 단순히 미학적 선택지가 아니다. 그것은 공간을 통해 전달하고자 하는 서사의 문법이다. '회복'을 원한다면 유사색의 언어를, '몰입'을 원한다면 톤온톤의 언어를, '영감'을 원한다면 보색의 언어를 선택함으로써, 공간의 감정적 톤을 정밀하게 조율할 수 있다.

3단계: 삶의 균형을 담는 황금 비율
– 60:30:10 법칙

색채의 언어를 익혔다면, 이제 각 색을 어떤 비율로 사용하여 조화로운 문장을 만들 것인지 결정해야 한다. 이때 가장 유용하고 강력한 도구가 바로 '60:30:10 법칙'이다. 이는 인테리어 디자인 분야에서 시각적 균형을 위해 오랫동안 사용되어 온 황금 비율이다. 나는 이 고전적인 미학적 원리를 삶의 서사적 균형을 잡는 철학적 도구로 재해석하여 '회복(60)–몰입(30)–영감(10)'이라는 심오한 프레임워크를 제시한다.

6) 시각적 안정감의 비밀: 60:30:10 법칙이란?

먼저, 이 법칙의 기본 원리를 명확히 이해해야 한다. 이 비율은 공간 내에서 색상이 차지하는 면적의 상대적 백분율을 의미하며, 시각적으로 안정되고 조화로운 공간을 만드는 데 도움을 준다.

- **60% (주조색/Base Color)**: 공간의 지배적인 색상으로, 가장 넓은 면적을 차지한다. 주로 벽, 천장, 바닥,

그리고 소파와 같은 가장 큰 가구에 적용된다. 이 색은 공간의 전반적인 분위기와 톤을 설정하는 배경 역할을 한다.

- **30% (보조색/Secondary Color)**: 주조색을 보완하며 공간에 깊이와 흥미를 더하는 두 번째 색상이다. 커튼, 악센트 의자, 침구, 작은 가구, 또는 하나의 악센트 벽 등에 사용된다.
- **10% (강조색/Accent Color)**: 공간에 생기와 개성을 불어넣는 '화룡점정'의 역할을 한다. 쿠션, 예술 작품, 화병, 작은 장식 소품 등에 사용되며, 가장 대담하거나 밝은 색상을 선택할 수 있다.

이 법칙은 엄격한 규칙이라기보다는 유연한 가이드라인으로, 혼란스러운 색상 조합을 피하고 시각적으로 편안한 공간을 창조하기 위해 사용하는 검증된 공식이다.

7) 과거(60), 현재(30), 미래(10): 당신의 서사를 색으로 표현하기

이제 이 실용적인 법칙을 서사와 결합해 본다. 각 비율에 '회복', '몰입', '영감'이라는 의미를 부여함으로써, 색상 선택은 단순한 미적 결정을 넘어 삶을 공간에 투영하는 행위가 된다.

- **60% 회복(주조색): 당신 삶의 변치 않는 배경**
  - 개념: 이 60%의 색은 삶에서 가장 근원적인 가치관, 가장 깊은 안식처의 기억, 그리고 심리적 안전 기지를 상징한다. 이는 어떤 상황에서도 돌아갈 수 있는 편안함의 바탕이 되는 색이다.
  - 실용적 적용: 이 색상은 공간의 기본 정서를 결정하므로, 마음을 안정시키는 색을 선택하는 것이 중요하다. 따뜻한 뉴트럴 계열(베이지, 아이보리, 크림), 부드러운 그레이, 차분한 블루나 그린 계열이 이상적이다. 이 색들은 시각적으로 공간을 넓어 보이게 하고 다른 색들을 포용하는 배경이 되어준다.

- **30% 몰입(보조색): 당신의 현재를 이끄는 열정**
  - 개념: 이 30%의 색은 현재를 이끌고 있는 열정과 활동, 그리고 그 공간의 주된 목적을 드러낸다. 지금 '몰입'하고 있는 삶의 챕터를 상징하는 색이다.
  - 실용적 적용: 이 색상의 선택은 1단계에서 제작한

'기능 지도'와 직접적으로 연결된다. 만약 그 공간이 '몰입'을 위한 서재라면, 집중력을 높이는 깊은 파란색이나 녹색을 선택할 수 있다. 만약 '회복'을 위한 거실이라면, 아늑함을 더하는 따뜻한 테라코타나 올리브 그린이 보조색이 될 수 있다.

- **10% 영감(강조색): 당신이 꿈꾸는 미래의 비전**
  - 개념: 이 10%의 색은 이루고 싶은 꿈, 새로운 가능성, 그리고 미래의 비전을 암시하는 작지만 강력한 상징이다. 공간에 활력을 불어넣는 '영감'의 한 방울이다.
  - 실용적 적용: 이 색상은 개성을 가장 자유롭게 표현할 수 있는 부분이다. 쉽게 교체할 수 있는 소품에 적용되므로, 대담한 선택을 두려워할 필요가 없다. 만약 목표가 더 활기찬 삶이라면 에너지를 주는 노란색을, 창의적인 프로젝트를 시작한다면 영감을 주는 보라색을 선택할 수 있다. 이 색채의 작은 불꽃은 매일 미래의 비전을 상기시키는 역할을 할 것이다.

8) 당신의 이야기는 어떤 색인가: 서사적 팔레트 구성

이 개념을 종합적으로 이해하기 위해, 서로 다른 서사를 가진 가상의 인물들을 위한 색채 팔레트를 구성했다. 이 표는 어떻게 개인의 정체성이 공간의 기능적 필요와 결합하여 구체적인 60:30:10 색채 팔레트로 구현되는지를 명확하게 보여준다.

서사/ 페르소나	60% 회복 (주조색)	30% 몰입 (보조색)	10% 영감 (강조색)	지배적 톤/ 분위기
사색하는 지식인 (사색을 위한 '성소'로서의 집)	따뜻한 화이트/ 옅은 베이지(벽, 러그)	깊은 포레스트 그린(책장, 1인용 의자)	풍부한 코냑 가죽(독서 의자, 책상 소품)	뮤트/딥. 차분함, 집중, 안정감.
온화한 창작자 (창작을 위한 '성소'로서의 집)	부드러운 도브 그레이 (벽, 소파)	더스티 로즈/ 테라코타 (커튼, 대형 예술 작품)	밝은 마리골드 옐로 (화병, 쿠션 패턴)	뮤트/파스텔. 온화함, 따뜻함, 낙관적.
역동적인 사교가 (교류를 위한 '무대'로서의 집)	시원한 라이트 그레이 (벽, 대형 소파)	채도 높은 네이비 블루 (악센트 벽, 다이닝 체어)	생생한 푸시아/ 에메랄드 그린(쿠션, 유리잔)	비비드/딥. 활기참, 세련됨, 대담함.

이처럼 60:30:10 법칙을 서사적 프레임워크와 결합하면, 공간은 단순히 보기 좋은 공간을 넘어, 과거(회복), 현재(몰입), 미래(영감)가 조화롭게 공존하는 이야기가 된다.

4단계: 색에 영혼을 불어넣다

—뉘앙스를 완성하는 톤의 마법

색상Hue과 배색 비율을 결정했다면, 이제 팔레트에 영혼을 불어넣을 마지막 단계에 도달했다. 같은 파란색이라도 쨍한 코발트 블루와 안개 낀 듯한 더스티 블루가 전혀 다른 감정을 불러일으키듯, 색의 미묘한 뉘앙스와 분위기를 결정하는 핵심 요소는 바로 '톤Tone'이다. 톤을 이해하고 능숙하게 사용하는 것은 평범한 색채 계획을 세련되고 깊이 있는 예술적 경지로 끌어올리는 비결이다.

9) 미묘함의 언어: 틴트, 톤, 셰이드 이해하기

톤을 정확히 이해하기 위해, 색을 구성하는 미묘한 변화들을 명확히 정의해야 한다.

- **색상(Hue)**: 색상환에 있는 순수한 색 그 자체다(예: 순수한 파랑).
- **틴트(Tint/파스텔 톤)**: 순색에 흰색을 섞은 것이다. 흰색이 많이 섞일수록 색은 더 밝고 부드러워지며, 우리가 흔히 '파스텔 톤'이라고 부르는 색이 된다.

- 셰이드(Shade/딥/다크 톤): 순색에 검은색을 섞은 것이다. 검은색이 섞일수록 색은 더 어둡고 깊어지며, '딥 톤' 또는 '다크 톤'이 된다.
- 톤(Tone/뮤트 톤): 순색에 회색(흰색+검은색)을 섞은 것이다. 회색이 섞이면 색의 채도가 낮아져(탁해져) 더 차분하고 복합적이며 세련된 느낌을 준다. 이것이 바로 '뮤트 톤'이다.

결론적으로, 선택하는 것은 단순히 '파란색'이 아니라, '밝고 부드러운 파스텔 블루', '차분하고 세련된 뮤트 블루', 또는 '깊고 중후한 다크 네이비'다. 이 톤의 선택이 공간의 최종적인 감성 품질을 결정한다.

10) 네 가지 목소리: 비비드, 파스텔, 뮤트, 딥/다크 톤

네 가지 주요 톤을 중심으로, 각 톤이 어떤 개성이 있으며 어떤 공간과 스타일에 어울리는지 심층적으로 분석한다.

- 비비드 톤(Vivid Tones): 에너지와 낙관의 목소리
  - 특징: 순수하고 채도가 높은 원색이다. 맑고 선명하며, 시선을 즉각적으로 사로잡는 강한 에너지를 발산한다.

– 어울리는 공간 및 역할: 창의성과 즐거움이 필요한 '영감'의 공간에 이상적이다. 하지만 넓은 면적에 사용하면 과도한 자극을 줄 수 있으므로, 60:30:10 법칙의 10% 강조색으로 사용하는 것이 가장 효과적이다. 아이들 놀이방, 창의적인 작업실, 혹은 사교적인 거실에 작은 가구나 소품으로 활력을 더할 수 있다.

• 파스텔 톤(Pastel Tones): 온화함과 평온의 목소리

– 특징: 원색에 흰색을 많이 섞어 만든 톤으로, 밝고 부드러우며 사랑스러운 분위기를 자아낸다. 공기처럼 가볍고 평화로운 느낌을 준다.

– 어울리는 공간 및 역할: 부드러운 위로와 안식이 필요한 '회복'의 공간에 완벽하게 어울린다. 침실, 아기방, 욕실 등에 사용하면 공간을 더 넓고 화사하게 보이게 하면서 심리적 안정감을 준다. 스칸디나비안이나 프렌치 컨트리 스타일과 잘 어울린다.

• 뮤트 톤(Mute Tones): 세련미와 복합성의 목소리

– 특징: 원색에 회색을 섞어 채도를 낮춘 톤이다. 안개가 낀 듯 부드럽고, 차분하며, 지적인 세련미를

풍긴다. 가장 다재다능하고 성숙한 느낌을 주는 톤
으로 평가받는다.

- 어울리는 공간 및 역할: 뮤트 톤의 차분함은 ‘깊이
있는 몰입’을 돕고, 그 부드러움은 ‘안정적인 **회복**’
을 제공한다. 따라서 서재, 거실, 침실 등 집 안의
거의 모든 공간에 잘 어울린다. 특히 미니멀리즘,
모던 내추럴, 인더스트리얼 등 고급스러운 현대적
스타일에서 핵심적인 역할을 한다.

- 딥/다크 톤(**Deep/Dark Tones**): 안정감과 깊이의 목소리
  - 특징: 원색에 검은색을 섞어 만든 톤으로, 깊고 중후
  하며 무게감이 있다. 공간을 아늑하게 감싸주며,
  극적인 분위기와 고급스러움을 연출한다.
  - 어울리는 공간 및 역할: 강력한 ‘몰입’이 필요한 서재,
  영화 감상실, 혹은 깊은 휴식을 위한 침실에 적합
  하다. 작은 공간을 더 아늑하고 포근하게 만들거나,
  넓은 공간에 안정감을 부여하는 데 효과적이다. 클
  래식, 인더스트리얼, 혹은 드라마틱한 모던 스타일
  과 잘 어울린다.

11) 당신의 분위기를 위한 최종 선택: 톤 감성 가이드

최종적인 색채 선택을 돕기 위해, 각 톤의 특징과 역할을 한눈에 볼 수 있는 종합 가이드를 제시한다. 이 표는 원하는 분위기에 가장 적합한 톤을 선택하는 데 결정적인 나침반이 될 것이다.

톤 분류	설명(제조 방식)	감성적 느낌 및 분위기	최적의 공간 기능	대표 색상 및 소재 조합 예시
비비드(Vivid)	순수하고 채도가 높은 색상(순색)	활기참, 즐거움, 대담함, 자극적, 젊음	영감	카나리 옐로 (유광 래커), 코발트 블루 (벨벳)
파스텔 (Pastel)	순색 + 다량의 흰색	부드러움, 온화함, 낭만적, 평온함	회복	베이비 핑크 (리넨), 민트 그린(무광 세라믹)
뮤트(Mute)	순색 + 회색	세련됨, 미묘함, 복합적, 고요함	몰입, 차분한 회복	더스티 로즈 (스웨이드), 세이지 그린 (생사)
딥/다크 (Deep/Dark)	순색 + 검은색	안정감, 드라마틱함, 고급스러움, 친밀함	깊은 몰입, 사색	네이비 블루 (가죽), 포레스트 그린 (월넛 원목)

궁극적으로 세련된 인테리어는 색의 톤과 소재의 질감 Texture이 어떻게 상호작용 하는지에 대한 깊은 이해에서

비롯된다. 예를 들어, 같은 뮤트 톤의 세이지 그린이라도 거친 질감의 리넨 커튼에 사용될 때와 매끄러운 대리석 위에 표현될 때는 전혀 다른 감성을 전달한다. 따라서 최종 색상을 선택할 때는 단순히 색상 견본Chip만을 보지 말고, 그 색이 어떤 소재 위에서 살아 숨 쉴지를 함께 상상하는 것이 뉘앙스를 완성하는 마지막 열쇠다.

민수 씨와 지혜 씨는 색의 언어를 통해 서로의 내면을 이해하고, 마침내 조화로운 해법을 찾아냈다. 그들은 먼저 60:30:10 법칙을 적용하여 공간의 서사적 균형을 잡기로 했다. 두 사람 모두에게 편안함을 주는 부드러운 베이지 색을 주조색(60%)으로 선택하여, 안정적인 '회복'의 바탕을 마련했다. 지혜 씨가 사랑한 산호색은 채도를 낮춘 '뮤트 톤'으로 소파와 러그에 보조색(30%)으로 사용해, 그녀가 원했던 따뜻한 '영감'의 분위기를 더했다. 마지막으로 민수 씨의 깊은 파란색은 쿠션과 그림, 화병에 강조색(10%)으로 활용하여 그의 고독한 '몰입'의 시간을 존중했다.

그들의 공간은 더 이상 대립의 장이 아닌, 서로의 이야기를 포용하는 조화로운 서사가 되었다.

당신의 이야기는 계속된다

지금까지 내면 깊은 곳에서 출발하여 색채라는 언어를 통해 그 서사를 공간에 구현하는 과정을 함께했다. 이 과정은 단순히 집을 꾸미는 행위를 넘어 자기 자신을 이해하고, 자신의 삶을 긍정하며, 미래를 그려나가는 능동적인 창조의 과정이었음을 기억해야 한다.

이제 '성소'와 '무대'라는 개념을 통해 공간의 핵심 목적을 정의하는 법을 배웠고, '감정의 주석'을 달아 자신만의 시각적 어휘를 구축했다. 유사색, 톤온톤, 보색 배색이라는 조화의 원리를 익혔으며, '회복(60)-몰입(30)-영감(10)'이라는 서사적 균형의 법칙을 통해 색의 비율을 구성하는 지혜를 얻었다. 마지막으로, 비비드, 파스텔, 뮤트, 딥/다크라는 '톤'의 마법을 통해 색에 섬세한 영혼을 불어넣는 법까지 마스터했다.

중요한 것은, 이렇게 만든 퍼스널 컬러 팔레트가 한번 정해지면 영원히 고정되는 박제된 결과물이 아니라는 점이다. 그것은 삶과 함께 성장하고 변화하는 살아있는 유기체와 같다. 삶의 새로운 장이 열리고, 새로운 꿈이 생겨날 때, 10% '영감'의 색은 자연스럽게 바뀔 수 있다. 열정의 대상이 바뀌면 30% '몰입'의 색 또한 새로운 이야기를 담아낼 것이다.

이제 더 이상 유행에 휩쓸리거나 막연한 감에 의존할 필요가 없다. 당신의 손에는 자신의 이야기를 공간으로 번역할 수 있는 체계적인 지식과 통찰력을 쥐고 있다. 이제 당신은 단순한 거주자가 아닌, 당신의 집이라는 무대 위에서 자신의 과거를 보듬고, 현재를 지지하며, 미래를 향한 비전을 품는 '공간의 작가'다.

당신의 서사가 담긴 공간 속에서, 매일이 더욱 풍요롭고 의미 있기를 바란다.

유행을 따르는 대신 당신의 과거와 현재, 미래의 이야기가 담긴 단 하나의 색상 팔레트를 만드는 과정을 시작한다. 이 워크북은 당신의 내면을 비추는 체계적인 단계를 통해, 세상에 단 하나뿐인 당신만의 공간의 색을 찾는 길잡이가 되어줄 것이다.

1단계: 나의 무대 설정하기

모든 이야기에 배경이 필요하듯, 당신의 공간에도 핵심적인 분위기가 필요하다.

질문: 이 공간이 당신에게 어떤 느낌을 주고, 어떤 분위기를 풍기기를 바라는가?

- 핵심 감정: 이 공간을 통해 가장 키우고 싶은 단 하나의 감정은 무엇인가?

  ☐ 회복 ☐ 몰입 ☐ 영감

  내가 선택한 감정: --

- 전체적인 톤: 위 감정을 어떤 분위기로 표현하고 싶은가?

  ☐ 파스텔(부드럽고 몽환적인)   ☐ 뮤트(차분하고 세련된)

  ☐ 비비드(경쾌하고 활기찬)   ☐ 딥/다크(깊고 안정적인)

  내가 선택한 톤: ____________________________________

  ____

2단계: 나의 이야기 팔레트 짜기

당신의 삶의 이야기를 세 가지 색으로 구성하여 균형 잡힌 색상 팔레트를 만든다.

질문: 당신의 과거(안정감), 현재(목적), 미래(꿈)를 어떤 색으로 표현하겠는가?

- 배경색(60% - 과거/회복): 당신을 가장 편안하게 지탱해 주는, 당신의 뿌리가 되는 색은 무엇인가? (벽, 바닥 등 가장 넓은 면적)

  ____

- 주인공 색(30% – 현재/몰입): 지금 당신의 삶과 이 공간의 목적을 가장 잘 나타내는 색은 무엇인가? (소파, 커튼 등 가구)

- 포인트 색(10% – 미래/영감): 당신을 설레게 하는 미래의 희망과 영감을 담은 색은 무엇인가? (쿠션, 소품 등 작은 포인트)

3단계: 나의 색상 청사진

이제 당신의 내면을 비추는 세상에 단 하나뿐인 공간의 청사진이 완성되었다.

정리: 아래에 당신의 선택을 정리하고, 이 청사진을 기준으로 당신의 이야기를 공간에 자신 있게 펼쳐 보자.

- 나의 핵심 감정: ____

- 나의 전체 톤: ____

- 나의 이야기 팔레트
  - 배경색(60%): ______________________________________
  - 주인공색(30%): ____________________________________
  - 포인트색(10%): ____________________________________

이제 당신의 이야기가 담긴 색상 지도가 완성되었다. 자신감을 가지고 당신의 공간을 세상에 단 하나뿐인, 당신의 장소로 만들어 보자.

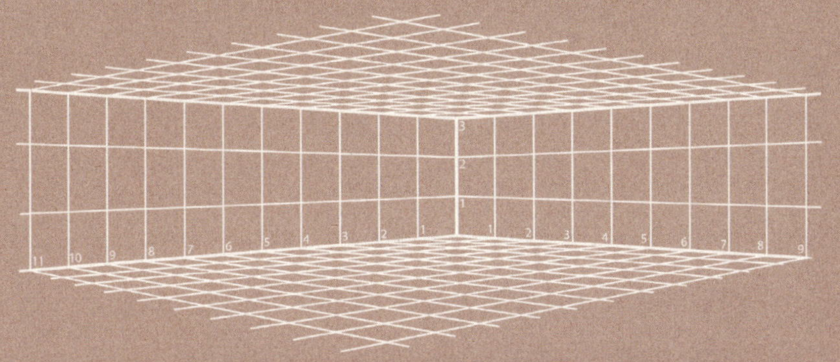

4장

소재와 질감

: 시간의 온기를 만지는 일

두 사람의 삶이 하나로 합쳐질 때, 우리가 선택하는 소재
는 공유된 세계를 구축하는 물리적 언어가 된다. 온기와
연결의 언어를 택할 것인가, 혹은 시원함과 독립의 언어를
택할 것인가?

현대적 공간의 병리 진단

우리는 종종 집을 눈으로만 본다고 착각한다. 나 역시
오랫동안 시각적 요소가 좋은 집의 전부라고 생각했다.
하지만 스크린 속 이미지에 감각이 길들여지는 시대에,
나는 다른 질문을 던진다. 우리가 공간과 맺는 가장 깊은
대화는, 눈이 아닌 다른 감각을 통해 이루어지지 않는가?

이러한 생각에 잠겨있을 무렵, 자수성가한 사업가인 김 대표를 만났다. 그의 집은 시각적으로 완벽한 쇼룸이자 갤러리였다. 순백의 대리석에 모든 발소리가 반사되어 차갑게 울렸고 하이글로시 가구들은 빛을 날카롭게 반사했다. 그는 세상에서 가장 화려하고 고급스러운 것들로 자신의 성공을 증명하듯 공간을 채웠다. 하지만 그는 행복하지 않았다. 몸을 밀어내는 최고급 소파에 몸을 묻은 채, 그는 공허한 목소리로 고백했다.

"이상하게 집이 편하지가 않아요. 퇴근하고 돌아와도 긴장이 풀리기는커녕 오히려 팽팽해지죠. 모든 것이 완벽하게 정돈된 모습을 해칠까 봐 늘 신경이 쓰여요. 제 집인데도 꼭 남의 집에 온 손님처럼 낯설게 느껴질 때가 많습니다."

그의 고백은 '홈Home'과 '하우스House'의 차이를 보여주는 명백한 증거다. 그의 집은 완벽한 '하우스'였지만, 지친 영혼이 쉴 수 있는 따뜻한 '홈'은 아니었다. 나는 그의 문제가 개인의 취향을 넘어선다고 보았다. 이는 유하니 팔라스마가 『피부의 눈』에서 비판한 '망막 중심주의Retinal Centrism'의 증상이다. 시각에만 집착한 나머지 모든 감각을 공간에서 소외시키는, 현대 사회의 문화적 질병이다. 팔라스마에 따르면, 시각 중심주의는 세계를 깊이와 역사가 소거된 평면적 이미지로 전락시키며, 거주자를 자신의 삶으로부터 소외된 관객으로 만든다. 그의 집은 바로 이 '자기도취적이고 허무주의적인 눈'을 위해 지어진 공간이었고, 그 결과 그는 자신의 공간 안에서 감각의 망명자가 되었다.

그의 공간에는 '온기'가 빠져 있었다. 그곳의 모든 사물은 부드럽게 만져달라고 말을 걸지 않았고, 그저 '나를 감상하라'고 차갑게 선언할 뿐이었다. 그때 나는 그가 무심코 지나쳤던 그의 아버지가 남긴, 창고 속 낡은 원목 흔들의자를 떠올렸다. 이 화려한 집과 전혀 어울리지 않는 물건이었다. 나는 그에게 그 의자를 거실 창가에 놓아보면 어떻겠냐고 제안했다.

이 장은 그 낡은 의자가 가르쳐 준 비밀을 이야기한다. 시각 중심의 세계에서 벗어나 손끝과 온몸으로 공간을 느끼는 방법이다. 소재의 언어에 귀 기울이고 시간의 흔적이 주는 아름다움을 발견하며, 공간에 진정한 위로와 깊이를 더하는 과정이다.

1. 회복과 진정성,
삶을 빚어내는 언어와 손길

가장 정직한 감각

우리의 몸은 눈보다 정직하고 예민한 감각을 가졌다. 아침에 맨발로 디딘 바닥의 서늘함, 하루 끝에 피로를 기댄 소파의 포근함, 매일 손에 쥐는 찻잔의 매끄러움. 우리는 공간을 눈으로만 보는 것이 아니라, 이런 촉각적 경험의 총합으로 기억하고 느낀다.

오감 중 촉각은 피부로 세상을 직접 느끼는 가장 원초적이고 정직한 감각이다. 시각은 정교하게 인쇄된 플라스틱 필름이나 대리석 무늬 타일에 속을 수 있다. 하지만 촉각은 거짓말을 하지 않는다. 손끝이 닿는 순간, 우리는 그것이 진짜인지 가짜인지, 따뜻한지 차가운지를 즉각 알아차린다. 눈은 속여도 몸은 속일 수 없다.

김 대표의 집은 바로 이 지점에서 감각의 불협화음을 일으켰다. 시각적 질감은 풍부했지만, 촉각적 질감은 단조롭고 차가웠다. 나무처럼 보이지만 만져보면 차가운 플라스틱 표면이 주는 미묘한 배신감은 마음을 온전히 놓지 못하게 하는 무의식적 장벽으로 작용한다. 발을 디딜 때마다 한기가 느껴지는 대리석 바닥, 손자국이라도 남을까 조심스러운 하이글로시 표면, 몸을 밀어내는 듯 팽팽한 가죽 소파. 그 어떤 것도 그의 지친 몸에 부드러운 위로를 건네지 못했다. 이런 공간에서는 몸이 먼저 긴장하고 움츠러들어 온전한 회복이 불가능하다.

우리의 몸은 눈보다 정직하다. 머리로 분석하기 전에, 몸은 이미 그 공간이 나를 환대하는지 밀어내는지 안다. 몸이야말로 공간을 느끼는 가장 정밀한 감각기관이다.

내가 깊은 외로움에 시달리던 시절, 나를 위로해 준 것은 할머니가 물려주신 낡은 양모 담요 한 장이었다. 그 위로는 화려한 디자인이나 색감이 아니라, 손끝과 뺨에 전해지는 투박하고 정직한 감촉에서 왔다. 거칠고 묵직한 질감은 내 무의식 속 어린 시절의 안정감과 사랑의 기억을 불러일으켰다. 그 담요는 단순한 사물이 아니라, 할머니의 품이자 고독에서 나를 지켜준 작은 '회복의 공간'이었다.

이 경험은 진정한 위로가 눈을 현혹하는 화려함이 아닌, 몸이 기억하는 정직한 감촉에서 온다는 사실을 나에게 가르쳐주었다. 촉각은 우리의 가장 깊은 기억과 감정을 보관하는 저장고다. 바슐라르는 집을 '우리의 첫 번째 우주'라 칭하며, 우리가 세상에 대한 근원적 신뢰와 안정감을 배우는 장소로 보았다. 그에 따르면, 강력한 시적 이미지는 이성적 기억을 거치지 않고 직접 우리의 의식에 떠올라, 가장 원초적인 존재의 상태를 되살려낸다.

나는 나의 양모 담요와 김 대표 아버지의 낡은 의자처럼, 특정한 감촉으로 감정을 가장 안전했던 순간에 정박시키는 존재를 '회복의 닻Recovery Anchor'이라 부른다. 이것은 단순히 과거를 추억하게 하는 기념품이 아니다. 오히려 그 감촉을 통해 시간을 초월해, 가장 근원적인 보호와 안정의 상태를 현재로 소환하는 강력한 현상학적 도구다.

촉각에 무심한 공간은 화려해도 텅 빈 느낌을 주지만, 촉각적 즐거움이 풍부한 공간은 소박해도 꽉 찬 만족감을 준다. 시각은 우리를 관찰자로 만들지만, 촉각은 우리를 진정한 거주자로 만들기 때문이다. 잠시 눈을 감고 당신의 공간을 느껴보라. 당신의 손끝과 발바닥은 지금 무엇을 느끼며, 그 감촉은 당신에게 위로와 평안을 주고 있는가?

소재의 문법: 감성을 빚어내는 언어

모든 소재는 고유한 성질, 즉 물성Materiality을 가진다. 나는 이 물성을 '소재의 언어'라고 부른다. 물성이란 무게, 밀도, 온도, 표면의 질감 등을 모두 포함하는 총체적인 개념이다. 좋은 공간을 만드는 일은 이 다채로운 물성의 언어를 이해하고, 내가 원하는 분위기와 감정적 필요에 맞게 조화롭게 사용하는 것에서 시작된다. 우리가 추구하는 '기분 좋은 공간'의 세 가지 차원, 즉 '회복, 영감, 몰입'은 바로 이 물성의 언어를 통해 구체적으로 구현된다.

온전한 회복 없이는 깊은 몰입이 어렵고, 진정한 몰입 없이는 새로운 영감을 얻기 힘들다. 김 대표의 공간이 실패한 근본적인 이유는 성공한 사업가라는 페르소나를 위한 '몰입' 상태만을 강요하며, 지친 몸과 마음을 위한 '회복'의 가능성을 완전히 차단한 극심한 불균형에 있었다.

존재의 온도: 따뜻함과 차가움

김 대표 아버지의 나무 의자는 따뜻했고, 그의 집 대리석 바닥은 차가웠다. 이는 주관적 느낌이 아니다. 열전도율이 낮은 나무는 우리 손의 온기를 천천히 가져가 따뜻하게 느껴지고, 열전도율이 높은 돌은 순간적으로 온기를 빼앗아 가기 때문에 차갑게 느껴진다. 우리는 이 물리적 현상을 심리적 온도로 경험한다. 당신의 공간이 따뜻한 위로를 건네길 바라는가, 아니면 정신을 깨우는 시원한 긴장감을 주길 바라는가?

- **따뜻함(나무, 양모, 패브릭)**: 이 소재들은 온몸의 긴장이 풀리는 회복의 시간을 준다. 따뜻한 물성은 교감신경을 안정시키고 심리적 안전지대를 형성하여 지친 몸과 마음을 이완시킨다.

- 차가움(돌, 금속, 콘크리트): 이 소재들은 깊은 사유에 잠기는 몰입이나 삶의 활력을 깨우는 **영감**을 준다. 서늘한 감촉은 들뜬 마음을 가라앉히고 명료한 이성을 깨워 집중 상태로 이끈다. 때로는 창의적 에너지를 자극하는 영감의 도화선이 되기도 한다.

감각의 토대: 부드러움과 단단함

단단하고 매끈한 콘크리트 벽은 안정감을 주기도 하지만, 때로는 우리를 방어적으로 만든다. 반면 발이 푹 잠기는 부드러운 울 카펫이나 몸을 감싸는 푹신한 소파는 몸과 마음을 편안하게 이완시킨다. 김 대표의 집은 온통 단단하고 매끈한 소재로만 이루어져 있었다. 그는 그 단단함 속에서 성공의 견고함을 느끼고 싶었을지 모르지만, 그의 지친 몸이 진정 원했던 것은 부드러운 기댐이었다.

- **부드러움**(패브릭, 러그, 쿠션): 이 소재들은 갑옷을 벗고 가장 연약한 모습 그대로 기대도 괜찮다고 말하며, 지친 영혼이 닻을 내리는 회복으로 우리를 초대한다.

- **단단함**(콘크리트, 석재, 견고한 원목): 이 소재들은 흔들림 없는 기반 위에서 세상의 소음으로부터 나를 분리하는

깊은 몰입을 가능하게 한다. 우리의 정신적 에너지가 흩어지지 않도록 붙잡아주는 역할을 한다.

현존의 무게: 무거움과 가벼움

육중한 원목 식탁이 주는 묵직함과 가벼운 라탄 의자가 주는 산뜻함은 공간의 분위기를 전혀 다르게 만든다. 묵직한 가구들은 공간에 안정감을 더해 우리를 차분하게 만들고, 가벼운 소재들은 공간을 더 넓고 경쾌하게 느끼게 한다.

- 무거움(견고한 원목, 석재): 이 소재들은 공간의 에너지를 가라앉혀 아늑한 회복과 깊은 질서의 몰입에 적합한 분위기를 만든다.
- 가벼움(라탄, 리넨, 유리): 이 소재들은 생각의 무게를 덜어주는 영감과 같다. 자유로운 상상과 유쾌한 발상을 위한 공간에 잘 어울린다.

소리의 질감: 침묵과 공명

우리는 공간을 눈과 피부로만 느끼지 않는다. 귀로도

느낀다. 건축음향학은 공간의 형태와 소재가 소리를 어떻게 변화시키는지 탐구하는 학문이다. 김 대표가 느꼈던 '발소리를 차갑게 반향' 시키던 대리석 바닥은 시각적, 촉각적 문제일 뿐 아니라 청각적 문제이기도 했다. 소리를 거의 흡수하지 않고 반사하는 단단한 소재들은 공간의 잔향 시간을 늘려 모든 소리를 날카롭고 소란스럽게 만든다. 이런 공간에서는 작은 소음도 크게 증폭되어 무의식적인 긴장과 피로를 유발한다.

반면, 나무, 패브릭, 코르크, 카펫처럼 부드럽고 다공성인 소재는 소리를 흡수하여 공간을 청각적으로 부드럽고 아늑하게 만든다. 이들은 불필요한 소음을 줄여 대화를 명료하게 하고, 평화로운 침묵의 배경을 만들어준다.

소재의 선택은 공간의 음향 환경, 즉 '소리의 질감'을 결정하며, 이는 우리의 심리 상태에 직접적인 영향을 미친다. 조용한 사색을 통한 '회복'을 원한다면 소리를 흡수하는 소재를, 활기찬 에너지를 통한 '영감'을 원한다면 소리를 적절히 반사하는 소재를 선택해야 한다.

소재의 음향적 언어

소재 분류	음향적 속성	결과적 사운드 스케이프	심리적 효과	적합한 상태
단단한 표면 (석재, 콘크리트, 유리)	반사성 (낮은 흡음률)	울림, 높은 잔향, 소음 증폭	긴장감, 노출감, 격식	몰입(집중), 영감(에너지)
부드러운 표면 (러그, 커튼, 천 소파)	흡수성 (높은 흡음률)	먹먹한 소리, 낮은 잔향, 고요함	평온, 친밀감, 안전, 프라이버시	회복(휴식, 평화)
나무 및 코르크	중간 정도의 흡수성	따뜻하고 자연스러운 공명, 울림 감소	균형감, 편안함, 자연스러움	모든 상태, 특히 회복

주: 흡음률은 NRC(Noise Reduction Coefficient) 값으로 측정되며, 0에 가까울수록 반사적이고, 1에 가까울수록 흡수적이다. 예를 들어, 대리석의 NRC는 약 0.01인 반면, 두꺼운 카펫은 0.6 이상일 수 있다.

모든 소재는 자신의 물성을 통해 우리에게 끊임없이 말을 건다. 우리는 그저 오감을 열고 그 섬세한 언어에 귀를 기울이면 된다. 당신의 공간은 지금 당신에게 어떤 언어로 말을 걸고 있는가?

소재의 윤리: 진정성과 모방

훌륭한 공간을 만드는 것은 단순히 소재를 조합하는

기술적 문제를 넘어선다. 그것은 우리가 어떤 가치를 중요하게 여기며 살아갈 것인가에 대한 철학적 선택과 맞닿아 있다. 나는 이 선택의 핵심을 '느리게 거주하기Slow Dwelling'라는 개념으로 설명한다. 이는 값싸고, 빠르고, 쉽게 버려지는 '패스트 리빙Fast Living' 문화에 맞서, 시간의 깊이와 물질의 진정성, 인간적인 온기를 존중하는 태도다.

기술의 발달로 진짜보다 더 진짜 같은 가짜 소재가 넘쳐난다. 플라스틱 대리석, 나무무늬 시트지, 인조 가죽 같은 것들이다. 하지만 진정성 있는 소재란 다른 무언가를 흉내 내지 않고, 그 자체가 가진 속성을 솔직하게 드러내는 것이다.

'소재의 진정성'은 '삶의 진정성'과 같다. 타인의 시선을 흉내 내는 삶이 아닌, 나다움을 찾는 태도 말이다. 공간을 채우는 물질의 진정성은 그곳에 사는 나의 정신적 진정성을 비추는 거울이다. 나는 믿는다. 소재의 진정성은 삶의 진정성과 다르지 않다. 다른 무엇인 척하는 소재로 둘러싸인 공간은, 타인의 시선을 의식하는 삶과 같다. 눈은 잠시 속일 수 있어도, 우리의 몸은 그 미묘한 위선을 본능적으로 알아차리고 불편해한다. 진정한 회복과 영감은 정직하고 진정성 있는 공간에서만 피어난다.

김 대표의 집은 처음에는 '성공한 사업가의 집'이라는 타인의 기대를 흉내 낸 공간이었다. 그의 진짜 모습이 아닌, 세상에 보여주고 싶은 모습으로 가득했다. 하지만 아버지의 낡은 의자를 통해 그는 자신의 진짜 감정과 마주했고, 공간에 '진짜'를 채우기 시작했다. 흉내 낸 소재는 시간이 지나면 초라해지지만, 본질을 솔직하게 드러내는 진정성 있는 소재는 시간이 흐를수록 고유의 멋과 깊이를 더하며 깊은 만족감을 준다. 당신의 공간은 진짜인가, 아니면 무언가를 흉내 내고 있는가?

되어감의 아름다움: 파티나와 세월의 품격

김 대표 아버지 의자의 팔걸이가 반들반들하게 닳아 있었던 것을 우리는 '낡았다'라고 말하지 않고 '길들었다' 라고 표현한다. 이처럼 가죽, 황동, 나무 같은 소재가 시간의 흐름과 사용자의 손길에 따라 자연스럽게 변하며 깊이를 더해가는 현상을 '파티나Patina'라고 부른다. 이는 시간이 새겨 넣은 가장 아름다운 흔적이다.

인조 가죽 가방은 시간이 지나면 표면이 갈라지며 흉하게 '낡아' 버리지만, 좋은 천연 가죽 가방은 색이 깊어지고 고유한 광택을 얻으며 멋지게 '깊어'진다. 나는 파티나의 아름다움이 불완전함 속에서 아름다움을 찾는 일본의 미의식 '와비사비侘寂'와 깊이 맞닿아 있다고 생각한다. 파티나는 단순히 낡은 것이 아니라, 사물과 사용자가 함께 보낸 시간의 역사가 새겨진 훈장과 같다.

나는 이것이 무미건조한 공간이 나의 경험이 쌓인 의미 있는 장소Place로 변모하는 과정이라 믿는다. 또한 차가운 건물House이 나의 삶이 담긴 따뜻한 집Home으로 바뀌는 가장 확실한 증거다. 파티나는 우리의 '회복', '영감', '몰입'의 순간들이 물질 위에 새겨진 결과물이다. 새것이 결코 흉내 낼 수 없는, 오직 시간만이 줄 수 있는 가치다. 우리 공간에 파티나를 허락하는 것은, 완벽하지 않아도 괜찮다는, 상처와 흠집마저 내 삶의 일부로 받아들이겠다는 성숙한 태도의 표현이다.

손의 아우라: 장인정신과 현존감

기계로 대량 생산된 제품들은 완벽하게 규격화되어 있지만, 때로는 그 완벽함이 비인간적이고 차갑게 느껴진다. 반면, 장인의 손길로 만들어진 수공예품에는 기계가 흉내 낼 수 없는 사람의 온기와 이야기가 깃들어 있다. 나는 잘 만들어진 수공예품에는 '아우라'가 살아 숨 쉰다고 믿는다. 미세한 손자국, 완벽하지 않은 비대칭, 정교한 마감 같은 사소한 디테일이 공간의 품격을 좌우한다.

발터 벤야민은 기술 복제 시대에 예술 작품이 잃어버린 고유의 현실적인 존재의 감각, 즉 '아우라Aura'에 대해 이야기했다. 그에게 아우라는 원본 작품만이 가진, 시간과 공간 속에 유일무이하게 존재하는 역사성과 진품성에서 비롯되는 특별한 기운이다. 대량 복제된 이미지는 이 '지금, 여기Here and Now'라는 일회적 현존성을 상실하기에 아우라를 가질 수 없다.

나는 이 아우라가 장인이 자신의 작업에 깊이 '몰입'하여 만든 물건에 담겨, 그것을 쓰는 우리에게 깊은 '영감'을 준다고 믿는다. 대량 생산된 가구는 소비되는 이미지에 불과하지만, 장인의 손길이 닿은 가구는 그 자체로 하나의 역사를 품고 우리와 관계를 맺는다. 이는 단순히 물건을 소유하는 것을 넘어, 그 물건의 역사에 참여하는 행위가 된다. 잘 만들어진 수공예품은 만든 이의 철학과 사용자의 애정이 담긴 예술 작품으로서, 당신의 공간에 그 어떤 값비싼 가구보다 특별한 가치를 더해줄 것이다.

건강한 집, '회복의 공간'을 위한 핵심 지침

진정한 '회복의 공간'은 눈에 보이는 아름다움 이전에, 우리 몸을 병들게 하는 위협으로부터 안전해야 한다. 새 가구나 페인트, 벽지에서 방출되는 '휘발성 유기 화합물 VOCs'은 두통, 아토피, 호흡기 질환을 유발하는 '새집증후군'의 주된 원인이다. 다음 원칙은 가족의 건강을 지키고 집을 가장 안전한 공간으로 만드는 핵심이다.

■ 첫 번째 원칙: 가구와 목재의 등급을 확인한다
• 'E0' 등급 이상을 선택하는 것이 기준이다.
가구, 붙박이장, 싱크대의 대부분을 차지하는 가공 목

재MDF/PB는 포름알데히드 방출량에 따라 등급이 나
뉜다. 실내 가구의 기준은 E0 등급이며, 가장 안전한
SE0 등급을 선택하면 더욱 좋다.

- 'E1' 등급의 한계를 인지한다.

  E1 등급은 국내 실내 사용이 허용된 최소 기준일 뿐,
  민감한 체질에는 여전히 유해할 수 있다. '친환경'
  이라는 표기보다 등급 자체를 확인하고, 최소 E0
  등급 이상을 고수하는 것이 현명하다.

■ 두 번째 원칙: 넓은 면적은 더욱 신중히 선택한다

- 벽지는 합지벽지(종이 벽지)를 우선한다.

  PVC로 코팅된 실크 벽지는 통기성이 부족하고 유해
  물질 방출의 우려가 있다. 인체에 무해한 합지벽지
  나 항균·탈취 기능의 천연벽지가 탁월한 대안이다.

- 페인트는 HB마크 '최우수' 등급을 확인한다.

  벽지 대신 페인트를 사용한다면, 유해 물질 방출량이
  거의 없는 제품을 선택해야 한다. 국내의 HB마크
  외에, 국제적으로 통용되는 UL 그린가드GREENGUARD
  인증은 실내 공기질에 대한 엄격한 기준으로 신뢰도
  가 높다. 특히 규조토 페인트는 유해 물질을 흡착·

분해하고 습도까지 조절하므로 가장 이상적인 선택지 중 하나다.

- 바닥재는 접착제까지 친환경으로 명시한다.

바닥재 자체의 목재 등급을 확인하고, 시공 시에는 반드시 친환경 수성 접착제 사용을 명시해야 한다. 코르크 바닥재는 충격 흡수, 층간 소음 감소, 단열 효과까지 갖춘 뛰어난 친환경 자재다.

■ 세 번째 원칙: 입주 전 유해 물질을 반드시 배출한다

- 베이크아웃Bake-Out은 필수적인 과정이다.

입주 전, 실내 온도를 35~40℃로 5~8시간 유지해 유해 물질 배출을 극대화한다. 이후 모든 문을 열어 2~3시간 동안 완전히 환기한다. 이 과정을 최소 3~5회 반복해야 실질적인 효과를 얻는다.

- 모든 것의 기본은 환기다.

어떤 공기청정기보다 확실한 방법은 맞통풍을 통한 환기다. 하루 최소 3번, 10분 이상 실내 공기를 완전히 교체하는 습관이 새집증후군을 예방하는 가장 근원적인 해결책이다.

건강한 집은 고가의 자재가 아닌, 가족을 향한 세심한 '보살핌'으로 완성된다. 안전한 자재를 신중히 선택하는 것은 단순히 건강 정보를 따르는 기술을 넘어, 하이데거가 말한 '보살핌으로서의 거주Caring for'를 실천하는 행위다.

하이데거에게 진정한 거주란 공간 속 존재들을 그 본질 그대로 아끼고 보호하는 것이었다. 그렇다면 가장 먼저 돌봐야 할 대상은 바로 우리 자신의 몸이다. 친환경 자재를 고르는 행위는 유해 환경으로부터 나와 가족을 지키는 가장 근원적인 '자기 돌봄'이며, 이를 통해 비로소 공간과 진정한 관계를 맺게 된다.

진정한 회복은 이처럼 보이지 않는 위협으로부터의 안전, 즉 '보살핌'의 철학 위에서 시작된다.

2. 자연이 주는 본질적인 위로

김 대표 집의 변화를 한 단어로 요약하면 '인공'에서 '자연'으로의 이동이다. 그는 낡은 의자가 주는 깊은 위로를 경험한 후, 자신의 차가운 공간에 자연의 숨결을 불어 넣기 시작했다. 인간은 본능적으로 자연과 연결될 때 깊은 심리적 안정감을 느끼기 때문이다. 에드워드 윌슨은 이를 '바이오필리아Biophilia', 즉 '생명 사랑'이라는 개념으로 설명했다. 이는 인류가 생존을 위해 자연과 밀접한 관계를 맺어온 오랜 진화의 과정에서 유전자에 각인된 본능적 경향이다.

인테리어에서는 나무, 돌, 흙, 식물과 같은 자연 소재를 적극적으로 활용하여 인간의 본능적 끌림을 충족시키는 디자인을 '바이오필릭 디자인'이라 한다. 나는 이것이 단순히 디자인 트렌드가 아니라, 현대인이 잃어버린 자연과의 연결을 회복하고, 궁극적으로 자기 자신과의 연결을 회복하려는 중요한 시도라고 본다.

우리의 뇌는 인공적인 환경보다 자연적인 환경을 처리할 때 훨씬 적은 인지적 노력을 사용한다. 나뭇결이나 대리석 무늬의 자연스러운 프랙탈 패턴을 볼 때, 뇌는 편안함을 느끼고 스트레스가 감소한다. 자연 소재는 그 자체로 가장 강력한 회복의 도구다.

바이오필릭 디자인은 세 가지 차원에서 접근할 수 있다.

- **공간 속의 자연**(Nature in the Space): 식물, 물, 자연광 등 자연 요소를 공간에 직접적으로 도입하는 것이다.
- **자연의 유사체**(Natural Analogues): 나뭇결 가구, 석재 타일, 식물 패턴의 패브릭처럼 자연을 연상시키는 재료, 패턴, 색상을 간접적으로 사용하는 것이다.
- **공간의 자연성**(Nature of the Space): 탁 트인 전망을 제공하는 '조망'의 공간과 아늑하게 숨을 수 있는 '은신처' 같은 공간 구성을 통해, 인간이 자연환경에서 본능적으로 느끼는 안전과 탐험의 욕구를 충족시키는 것이다.

나무와 돌, 가장 원초적인 재료

- 나무(Wood): 나무는 살아 숨 쉬는 소재다. 베어져 가구가 된 이후에도 미세하게 숨을 쉰다. 고유의 나뭇결과 색, 향기를 가지며 습도를 조절하고, 따뜻한 감촉으로 우리 몸을 감싼다. 나무의 따뜻하고 부드러운 물성은 스트레스 호르몬인 코르티솔 수치를 낮춰준다는 연구 결과도 있다. 나무는 '회복의 공간'을 위한 최고의 소재이며, 아름다운 나뭇결과 향기는 '영감의 공간'을 만드는 데도 도움을 준다.

- 돌(Stone): 김 대표의 집을 채웠던 대리석 역시 자연 소재다. 하지만 가공 방식과 주변 소재와의 관계에 따라 느낌은 천차만별로 달라진다. 거울처럼 반짝이는 대리석은 차갑고 권위적이지만, 표면의 광을 죽이고 나무나 패브릭과 함께 사용하면 자연스러운 아름다움을 선사한다. 돌의 서늘하고 단단한 물성은 들뜬 마음을 가라앉혀 깊은 사색, 즉 **몰입**을 돕는다. 동시에 수억 년의 시간이 만든 장엄한 무늬는 그 자체로 깊은 예술적 영감을 불러일으킨다.

공간을 껴안는 따뜻함, 패브릭과 러그

차가운 공간에 가장 쉽고 효과적으로 온기를 더하는 방법은 패브릭Fabric을 활용하는 것이다. 딱딱하고 날 선 공간도 부드러운 커튼, 푹신한 쿠션, 포근한 러그 하나로 순식간에 아늑한 안식처로 변신한다. 패브릭은 공간의 '갑옷'을 벗기고 부드러운 속살을 드러내는 마법 같은 소재이며, '회복의 공간'을 만들기 위한 필수 요소다.

- 리넨(Linen) & 코튼(Cotton): 바람이 잘 통하고 감촉이 쾌적하며, 자연스러운 구김마저 멋스러워 사계절 내내 사랑받는다. 소박하고 정직한 감촉이 마음을 편안하게 만들어 차분한 회복의 시간을 선사한다.
- 울(Wool) & 벨벳(Velvet): 보기만 해도 따뜻함이 느껴지는 소재다. 포근하고 고급스러운 분위기를 만들어주며, 특히 추운 계절에 아늑함을 더하고 싶을 때 효과적이다. 깊고 풍부한 질감으로 가장 아늑한 회복을 가능하게 한다.
- 러그(Rug): 바닥에 까는 옷과 같다. 차가운 바닥에 포근한 경계를 만들고, 공간의 기능을 시각적으로 분리하며, 층간 소음을 흡수하고, 발바닥에 기분 좋은 감촉을

선사한다. 러그 한 장이 공간을 '스쳐 지나가는 곳'에서 '머물고 싶은 곳'으로 바꾸기도 한다.

흙과 식물, 살아있는 것들의 생명력

흙을 빚어 구워 만든 타일, 세라믹(도자기, 테라코타 화분 같은 소재들은 소박하지만 단단한 아름다움을 품고 있다. 흙의 정직하고 따뜻한 질감은 우리에게 근원적인 안정감을 주며, 그 위에 새겨진 장인의 손길은 예술적 영감을 불러일으킨다.

무엇보다 공간에 생명력을 불어넣는 가장 확실한 요소는 식물이다. 식물은 그냥 장식품이 아니다. 스스로 숨 쉬고 성장하며 계절의 변화를 보여주는, 우리와 함께 살아가는 생명체다. 공기를 정화하고 마음에 안정감을 주는 것은 물론, 그 싱그러운 초록빛은 공간에 활기를 불어넣는다. 식물이 자라는 모습을 지켜보는 것 자체가 놀라운 영감의 원천이며, 연약하지만 끈질긴 생명과 함께한다는 사실만으로도 깊은 회복을 경험하게 한다.

쉽게 버려지지 않는 것들의 가치

빠르게 변하는 유행에 맞춰 쉽게 사고 버리는 '패스트 패션'처럼, 인테리어에도 '패스트 리빙'의 그림자가 짙다. 저렴한 가구들은 몇 해 쓰지 못하고 금세 망가져 버려지기 일쑤다. 하지만 이런 시대일수록 오랜 시간을 견뎌온 빈티지 가구나, 대를 물려 쓸 수 있을 만큼 좋은 소재로 만들어진 물건들이 더욱 특별한 아름다움을 발산한다.

처음부터 품질 좋은 소재를 고르는 것은 당장은 비용이 더 들 수 있다. 하지만 길게 보면 여러 번 저렴한 제품을 사는 것과 좋은 제품을 하나 사는 것 중 어떤 것이 더 경제적이고 합리적인 선택일까? 나는 오래 쓸 수 있는 좋은 소재를 고르는 것이 불필요한 쓰레기를 줄이는 적극적인 지속가능성의 실천이라고 생각한다. 또한 좋은 소재로 정성껏 만들어진 물건만이 우리의 기억을 담는 그릇이 되고, '회복'을 위한 든든한 닻이 되어줄 수 있다.

3. 감각적 리듬을 작곡하는 기술

소재와 질감의 중요성은 이제 분명하다. 그렇다면 이 질감들을 어떻게 조합하여 감각을 풍요롭게 하고, 공간에 살아있는 리듬감을 부여할 수 있을까. 나는 이 과정을 '감각의 오케스트라를 지휘하는 일'이라 부른다.

앙상블의 힘: 믹스 앤 매치

한 가지 질감으로 채운 공간은 쉽게 단조로워진다. 김 대표의 집이 처음 그랬던 것처럼 말이다. 진정한 전문가는 다양한 질감을 공간 안에서 대비시키거나 조화롭게 혼합 Mix & Match하여 시각과 촉각을 동시에 자극한다. 이것은 오케스트라가 바이올린, 첼로, 트럼펫 등 다양한 악기로 깊이 있는 화음을 만드는 것과 같다. 부드러운 소재(회복)와 거친 소재(영감), 따뜻한 소재와 차가운 소재(몰입)를 의도적으로 혼합하면 공간의 감정선은 한층 풍요로워진다.

훌륭한 공간은 단 하나의 감정을 강요하지 않는다. 오히려 그날그날 사용자의 필요에 따라 다양한 감정 상태를 지원하는 잠재력을 품고 있다. 질감의 오케스트레이션은 공간을 더욱 유연하고 반응적으로 만든다.

- **대비의 미학**: 김 대표의 새로운 거실처럼, 거칠고 차가운 콘크리트 벽 앞에 부드럽고 따뜻한 벨벳 소파를 배치하는 것은 훌륭한 대비의 예다. 콘크리트의 단단함은 이성적 몰입을 위한 안정적 배경을 제공하고, 벨벳의 부드러움은 감성적 회복을 위한 따뜻한 초대를 건넨다. 서로의 상반된 특성이 부딪히며 각자의 매력을 강조하고, 공간에 흥미로운 긴장감과 생동감 넘치는 리듬을 창조한다.
- **조화의 아름다움**: 매끈하고 단단한 원목 테이블 위에 성근 짜임의 리넨을 깔고, 그 위에 거친 질감의 도자기 화병을 올린 장면은 조화의 미학을 보여준다. 나무,

리넨, 흙이라는 각기 다른 자연 소재들이 서로의 질감
을 존중하며 부드럽게 어우러져 편안하고 깊이 있는
분위기를 자아낸다. 이는 주로 아늑한 회복을 위한
조화로운 하모니를 연출하는 방법이다.

표면의 대화

- **매끄러움 vs 거칠함**: 매끄러운 유리, 금속, 광택 있는
  타일은 모던하고 세련된 느낌을 연출한다. 반면 거친
  벽돌, 노출 콘크리트, 짜임이 굵은 패브릭은 자연스럽
  고 편안한 인상을 준다. 이 둘을 한 공간에 함께 사용
  하면 서로의 특성이 더욱 강조되며 흥미로운 시각적
  대비를 이룬다. 특히 빛이 매끄러운 표면에서 날카롭게
  반사되고 거친 표면에서 부드럽게 흡수되거나 산란
  하며 만드는 그림자의 차이는 공간에 깊이와 입체감을
  더한다. 매끄러운 질감은 생각을 명료하게 하여 몰입을
  돕고, 거친 질감은 시각적 재미와 풍성함으로 **영감**을
  자극한다.
- **광택 vs 무광**: 같은 검은색이라도 빛을 반사하는 유광
  과 빛을 흡수하는 무광은 전혀 다른 인상을 준다. 광택

마감은 화려하고 고급스러운 느낌을, 무광 마감은 차분하고 부드러운 느낌을 자아낸다. 무광의 차분함은 **회복**을, 광택의 화려함은 **영감**을 위한 공간에 더 적합하다. 공간의 전체적인 톤은 무광으로 차분하게 설정하고, 조명이나 작은 소품에 광택 있는 소재를 포인트로 사용하면 세련된 리듬감을 연출할 수 있다.

질감의 대비는 시각적 리듬감을 만드는 데 매우 효과적이다.

빛의 언어: 온기와 그림자

빛 역시 공간의 질감을 결정하는 중요한 '소재'다. 빛을 어떻게 사용하느냐에 따라 같은 공간이라도 전혀 다른 감각적 경험을 선사한다. 여기서 핵심은 '직접조명'과 '간접조명'의 차이를 이해하는 것이다.

- **직접조명**은 광원에서 나온 빛이 대상에 직접 닿는 방식으로, 천장의 실링라이트나 책상 위 스탠드가 대표적이다. 효율은 높지만 강한 그림자를 만들고 눈부심을

유발해 공간을 평면적이고 긴장되게 만들 수 있다.

- **간접조명**은 빛을 벽이나 천장에 반사시켜 공간을 부드럽게 밝히는 방식이다. 빛이 확산되어 그림자가 부드러워지고 눈의 피로가 적어 공간에 깊이감과 아늑함을 더한다.

빛의 색, 즉 색온도 역시 공간의 감정적 온도를 결정한다. 색온도는 캘빈K 단위로 표시하며, 값이 낮을수록 붉은 빛을 띠는 따뜻한 느낌을, 높을수록 푸른빛을 띠는 차가운 느낌을 준다.

결정적 디테일: 마감의 중요성

같은 나무라도 표면 마감에 따라 전혀 다른 소재처럼 느껴진다. 이는 촉각적 진정성과 기능적 내구성 사이의 의식적인 선택이기도 하다.

- **오일 마감**: 천연 오일이 나무 깊숙이 스며들어 목재 고유의 결과 촉감을 그대로 살려준다. 가장 자연스럽고 따뜻한 느낌을 주지만, 외부 오염과 스크래치에 취약해

주기적인 관리가 필요하다. 촉각적 경험을 중시하는 가구에 적합하다.

- 바니시/래커 마감: 나무 표면에 단단한 보호막을 형성한다. 표면이 매끄럽고 내구성이 뛰어나 물이나 열에 강하다. 실용적이지만 나무 본연의 질감을 느끼기는 어렵다. 식탁이나 주방 가구처럼 기능성이 중요한 곳에 주로 사용된다.

나무 본연의 질감을 살리는 오일 마감, 표면을 보호하는 바니시 마감은 각기 다른 감각을 선사한다. 표면을 매끄럽게 샌딩하고 투명 오일을 발라 나뭇결을 살리면 자연스러운 느낌을 주고, 거친 철 브러시로 긁어내 음영을 만들면 강렬하고 빈티지한 인상을 남긴다. 표면을 하얗게 칠하고 살짝 벗겨내는 방식은 아늑한 프로방스풍을 연출한다.

이런 사소해 보이는 표면 처리 방식의 차이가 공간의 '감성 품질'을 결정한다. 소재를 선택할 때는 단순히 색상이나 종류만 볼 것이 아니라, 마감 방식과 그 표면의 디테일이 마음에 어떤 울림을 주는지까지 꼼꼼하게 살피는 섬세한 안목이 필요하다. 결국, 디테일이 본질을 드러낸다.

당신의 공간을 위한 소재 선택 가이드

궁극적으로 소재를 선택할 때는 미적인 측면뿐 아니라, 공간의 용도에 맞는 기능성, 내구성, 그리고 유지 관리의 용이성까지 종합적으로 판단하여 균형을 찾는 지혜가 필요하다. 아래의 스타일별 가이드는 당신의 선택을 돕는 작은 참고서가 될 수 있다.

- 내추럴/ 미니멀 스타일('회복' 중심): 원목, 리넨, 코튼, 라탄, 양모 등 가공을 최소화한 자연 소재를 중심으로 밝고 따뜻한 분위기를 연출한다.
- 인더스트리얼 스타일('영감'과 '몰입' 중심): 콘크리트, 벽돌, 스테인리스 스틸 등 거칠고 날것의 느낌을 주는 소재로 도시적인 감성을 드러낸다.
- 모던 스타일('몰입' 중심): 유리, 금속, 아크릴 등 인공적이고 차가운 느낌의 소재로 미니멀하고 세련된 느낌을 강조한다.
- 클래식 스타일('영감'과 위계적 '회복' 중심): 고급 원목, 화려한 대리석, 벨벳, 황동 등 무게감 있고 장식적인 소재로 웅장하고 우아한 분위기를 만든다.

당신의 손끝에서 시작되는 이야기

김 대표의 이야기는 소재와 질감의 치유력을 보여준다. 낡은 나무 의자 하나가 그의 차가운 '하우스House'를 기댈 수 있는 따뜻한 '홈Home'으로 만들었다. 시각의 독재에서 벗어나 촉각의 지혜를 되찾는 과정이었고, 그가 자신과 관계 맺는 방식의 근본적인 변화였다. 외부 시선을 위해 지어진 집에서, 자기 내면의 목소리와 기억을 보듬는 집으로.

그는 차가운 유리 테이블을 원목 식탁으로 바꿨고, 가죽 소파에는 울 담요와 벨벳 쿠션을 더했다. 대리석 바닥에는 두툼한 양모 러그를 깔았다. 그러자 마법처럼 공기가 따뜻해졌고, 삭막했던 거실은 비로소 '머물고 싶은' 공간이 되었다. 두꺼운 러그는 발에 온기를 전해줄 뿐 아니라, 날카로운 발소리를 흡수하여 공간을 청각적으로도 아늑하게 만들었다. 그는 창가에 작은 화분들을 놓고 매일 아침 물을 주는 것으로 하루를 시작했다. 이 돌보는 행위를 통해 그는 수동적인 점유자를 넘어, 자신의 공간과 관계 맺는 능동적인 거주자가 되었다. 그의 집은 더 이상 성공을 과시하는 쇼룸이 아닌, 그의 손때 묻은 진정한 '집'이 되었다.

몇 달 후 다시 만난 그는 흔들의자에 앉아 닳아빠진 팔걸이를 쓰다듬고 있었다.

"얼마 전 아버지가 돌아가셨습니다. 임종 직전 잡았던 아버지의 야윈 손의 감촉을 잊을 수가 없었는데… 이 의자에 손을 얹으니 신기하게도 아버지가 다시 제 손을 잡아주는 것 같습니다."

결국 김 대표를 울게 한 것은 낡은 의자 자체가 아니다. 그 반질반질한 팔걸이에 수십 년간 각인된 '감촉의 기억'이다. 특정 감촉은 뇌리에 강렬한 기억과 감정을 새긴다. 어린 시절 할머니 댁의 시원한 대청마루, 엄마의 포근한 털목도리처럼, 우리 각자에게는 그런 감촉의 닻이 있다. 이 긍정적 기억은 우리에게 깊은 안정감을 주며, 힘들 때마다 우리를 붙잡아주는 힘이 된다.

결국 그를 위로한 것은 낡은 의자 자체가 아니었다. 그 반질반질한 팔걸이에 수십 년간 각인된 '감촉의 기억'이었다. 아버지의 시간이 고스란히 스며든 그 감촉이, 아들의 심장으로 흘러 들어와 말을 건넨 것이다. 그 의자는 단순한 가구를 넘어 그의 삶의 역사를 품은 아카이브이자, 언제든 기댈 수 있는 '회복의 닻'이 되었다.

지금 당신의 집을 둘러보라. 시간이 흐를수록 멋스러워지는 물건이 있는가? 아버지의 손목시계, 손때 묻은 머그컵, 닳아버린 책 같은 것들 말이다. 그 사소한 물건들이 품은 '깊어짐'의 가치를 발견하라. 그 안에 당신의 이야기가 담겨 있다. 그 물건은 당신의 어떤 시간을 기억하는가? 힘들 때 기댔던 '회복'의 증거인가, 새로운 꿈을 꾸게 한 '영감'의 시작인가?

이제 공간을 채우는 물질들에게 말을 걸 차례다. 당신의 감각과 기억이 원하는 진정한 소재를 찾아본다. 당신의 손끝에서 진짜 '나의 집'이야기는 시작된다.

1단계: 나의 감각과 대화한다

먼저 판단 없이, 지금 당신의 몸이 공간과 나누는 대화에 귀 기울인다.

질문: 당신의 공간 속에서 몸이 기억하는 '위로의 감촉'과 '긴장의 감촉'을 하나씩 찾아본다.

- 위로의 감촉: 지금 이 공간에서 당신의 손길이 가장 오래 머무는, 위로를 주는 감촉 하나는 무엇인가? (예: 햇살에 데워진 따뜻한 원목 마루, 손바닥을 꽉 채우는 묵직한 도자기 컵)

- 긴장의 감촉: 반대로, 당신도 모르게 피하게 되는 불편하고 날카로운 감촉 하나는 무엇인가? (예: 손자국이 신경 쓰이는

반짝이는 유리 식탁, 차갑게 느껴지는 금속 문손잡이)

질문: 당신의 공간 속에서 귀가 기억하는 '평온의 소리'와 '소음의
　　　소리'를 하나씩 찾아본다.

- **평온의 소리**: 당신의 집에서 가장 마음이 편안해지는 소리
  는 무엇인가? 그 소리는 어디에서 들려오는가? (예: 서재의
  부드러운 침묵, 창밖에서 들려오는 나뭇잎 스치는 소리)

- **소음의 소리**: 당신도 모르게 신경을 거슬리게 하는 소음은
  무엇인가? (예: 냉장고의 웅웅거리는 소리, 윗집의 쿵쿵거리는
  발소리)

질문: 당신의 공간 속에서 눈이 기억하는 '안식의 빛'과 '피로의
　　　빛'을 하나씩 찾아본다.

- **안식의 빛**: 당신의 집에서 가장 좋아하는 빛은 어느 공간,
  어느 시간의 빛인가? (예: 오후 창가에 스며드는 따뜻한 햇살,
  침대 머리맡의 은은한 스탠드 조명)

- 피로의 빛: 당신의 눈을 피로하게 만드는 불편한 빛은 무엇인가? (예: 거실 천장의 너무 밝고 차가운 형광등, 모니터 화면의 눈부심)

2단계: 나의 기억을 만진다

오랜 시간 함께한 물건은 흔들리는 순간 마음을 붙잡아주는 '닻'이 된다.

질문: 당신의 손때와 이야기가 묻어, 마음을 붙잡아주는 '닻'과 같은 물건 하나를 찾는다. 그 물건의 감촉은 어떤 기억과 감정을 불러일으키는가?

- 나의 닻이 되는 물건과 그 감촉이 주는 기억: (예: 할머니의 낡은 나무 의자. 오랜 손길로 반질반질하게 닳은 팔걸이를 만지면, 세상에서 가장 안전했던 순간의 기억이 떠오른다.)

3단계: 나의 공간에 말을 건다

앞선 발견을 바탕으로, 오늘 당장 공간의 감각을 바꾸기 위한
첫 번째 작은 실천 하나를 정한다.

질문: 당신이 공간에서 원하는 느낌을 위해, 오늘 당장 실천할 수
있는 한 가지는 무엇인가?

• 오늘의 실천: (예: 차가운 가죽 소파 위에 부드러운 털 담요를
덮어둔다. / 책상 위에 여행지에서 가져온 조약돌 하나를 놓는다.
/ 차가운 형광등 대신 따뜻한 색의 전구를 끼운 스탠드를 켠다.)

당신의 집은 가장 정직한 감각과 기억으로 채워질 때, 비로소
진정한 '나의 집'이 된다. 손끝에서 시작된 작은 변화가 공간
전체의 언어를 바꾼다.

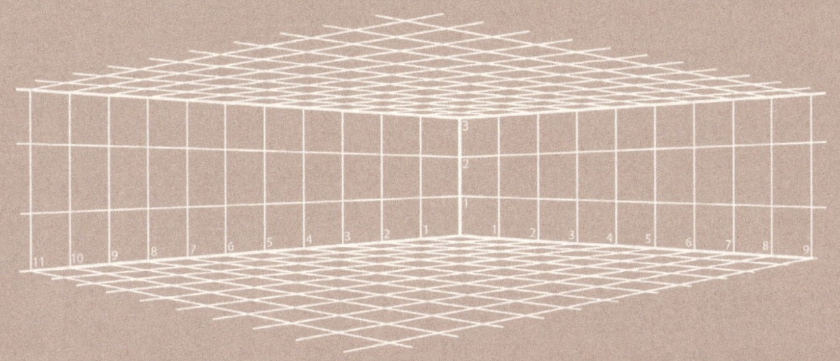

5장

집

: 회복과 영감을 담는 공간으로 재탄생

개인의 공간 철학은 '가족'이라는 타인의 세계와 만날 때 가장 큰 시험대에 오른다. 이 장은 단순히 두 사람이 함께 사는 것을 넘어, 각자의 경험으로 체화된 세계가 충돌하는 지점을 다룬다.

이는 거주의 생애주기에서 가장 뜨거운 심장부, 즉 개인의 '나'가 '우리'로 재편되는 과정에 관한 이야기다. 사랑으로 채웠던 공간이 그 무게를 감당하지 못하고 비명을 지르는 '채움의 위기'와, 아이가 성장하며 자신만의 우주를 구축할 때 존중으로 공간을 '비워내야' 하는 두 번째 도전에 관한 이야기이기도 하다. 이것은 물건을 덜어내는 차원을 넘어, 공간에 대한 부모의 통제권을 내려놓고 새로운 관계를 정립하는 한층 성숙한 시작을 의미한다.

채움의 위기, 가족의 질서를 되찾다

4년 전, 친구 같던 젊은 부부가 있었다. 어느 날 밤 수화기 너머로 수진 씨의 젖은 목소리가 들려왔다.

"이상해요. 집에만 오면 숨이 막혀요."

아이의 웃음소리가 끊이지 않던, 햇살처럼 밝았던 집. 얼마 전까지 그들의 SNS는 갓 태어난 아들을 향한 사랑으로 반짝였다. 하지만 그 반짝임 뒤편에서 부부는 소진되고 있었다.

수진 씨와 민준 씨, 그리고 활발한 세 살배기 아이가 함께 사는 집은 겉보기에는 평범하고 아늑한 보금자리였지만, 부부에게는 재충전이 아닌 피로가 누적되는 공간으로 변해 있었다. 퇴근 후 돌아온 집은 고단한 하루의 끝에 기다리는 안식처가 아니라, 정리되지 않은 장난감과 비효율적인 구조가 만들어내는 또 다른 과제였다. 집은 더 이상 쉬는 곳이 아니었다.

부부가 마주한 핵심 '페인포인트Pain Point'는 공간의 기능이 충돌하며 발생하는 정신적, 감정적 소모였다. 거실은 부부의 휴식 공간이자 아이의 놀이터였고, 폐쇄적인 주방은 요리하는 사람을 가족의 대화에서 고립시켰다. 휴식, 놀이, 소통이라는 각기 다른 필요가 한정된 공간 안에서 끊임없이 부딪히면서, 가족 모두는 무의식적인 스트레스를 받고 있었다. 이것은 단순히 물건을 정리하는 차원의 문제가 아니었다. 공간 설계 자체가 가족의 일상에 불편을 야기한다는 사실을 부부는 깨닫기 시작했다.

이러한 문제의식 속에서 부부는 집에 대한 근본적인 질문을 던졌다. 집이 단순한 거주지를 넘어, 지친 몸과 마음을 치유하고 내일을 살아갈 에너지를 얻는 진정한 '회복Recovery'의 공간이 되어야 한다는 데 깊이 공감했다. 이는 환경심리학의 '회복 환경Restorative Environment' 개념과 맞닿아 있다. 잘 설계된 환경이 정신적 피로를 줄이고 긍정적 정서를 유발한다는 주의회복이론Attention Restoration Theory 처럼, 집이라는 공간의 심리적 영향력은 생각보다 훨씬 크다.

자연이 스트레스 해소에 긍정적 영향을 미치듯, 일상에서 가장 많은 시간을 보내는 집 또한 회복 기능을 수행해야 했다. 부부는 단순한 리모델링을 넘어, 가족의 삶을 회복시키는 공간을 창조하기 위한 긴 과정을 시작했다.

1. 경계를 만들고 소통을 잇는
   공간의 재구성

보이지 않는 거실 벽: 조닝Zoning으로 질서 만들기

기존 거실은 누구에게도 온전한 만족을 주지 못하는 '회색 지대'였다. 거실 중앙에 흩어진 아이 장난감들 사이에서 민준 씨는 노트북을 펴고 업무를 이어가야 했고, 수진 씨는 소파에 앉아도 책 한 권을 편히 읽지 못했다. 공간의 목적이 불분명했으므로, 그곳에서의 활동 역시 집중과 이완 어느 쪽도 불가능했다.

이 문제의 해결책으로 부부는 '조닝Zoning' 기법을 도입했다. 조닝은 벽 같은 물리적 경계 없이 가구나 소품을 활용해 공간의 기능을 시각적, 심리적으로 분리하는 인테리어

전략이다. 먼저, 부드러운 질감의 커다란 러그를 거실 한편에 깔아 아이의 놀이 공간을 명확하게 구분했다. 러그라는 부드러운 경계는 아이에게는 마음껏 놀아도 되는 자신만의 영역을, 부부에게 장난감이 넘어오지 않으리라는 심리적 안정감을 주었다. 또한, 러그가 없는 반대편에는 소파와 안락의자를 배치해 부부만의 휴식 공간을 설정했다. 여기에 각 영역의 조명 색온도와 밝기를 달리하는 전략을 더했다. 아이의 놀이 공간은 활동적인 주백색 조명으로, 부부의 휴식 공간은 따뜻한 전구색 조명으로 설정하여 공간의 분위기를 미묘하지만 확실하게 차별화했다.

이처럼 조닝은 단순히 공간을 나누는 기술을 넘어선다. 그것은 가족 구성원 각자의 필요를 존중하고, 보이지 않는 약속을 만드는 비언어적 소통 방식이다. 러그는 "여기는 너의 놀이 왕국이야"라고 말해주고, 창가의 안락의자는 "이곳은 조용히 쉬는 자리야"라는 메시지를 전달한다. 이러한 환경적 단서는 "여기서 놀면 안 돼"나 "조용히 해 줄래?" 같은 반복적인 언어적 통제와 그로 인한 갈등을 줄여준다. 잘 계획된 공간이 가족의 평화를 유지하는 중재자가 된 것이다.

각자의 영역: '나만의 성소'와 '아이의 놀이터'

조닝으로 큰 틀에서 공간이 나뉘자, 부부는 각 영역을 더 구체적인 목적을 가진 공간으로 발전시켰다.

먼저 부부를 위한 공간은 창가 가장 빛이 잘 드는 곳에 마련했다. 푹신한 1인용 안락의자와 작은 사이드 테이블, 은은한 빛의 스탠드 조명을 배치하여 민준 씨를 위한 '나만의 성소Personal Sanctuary'를 만들었다. 이곳은 집제1의 장소과 직장제2의 장소을 벗어나 오롯이 자신에게 집중하고 재충전하는, 올든버그가 말한 '제3의 장소The Great Good Place'의 역할을 한다. 잠시 외부 세계와 단절되어 책을 읽거나 음악을 들으며 소진된 에너지를 회복하는 공간이다.

한편, 러그가 깔린 아이 놀이터는 아이의 안전과 자율성을 최우선으로 고려했다. 모든 가구는 모서리가 둥근 라운드 디자인을 적용했다. 아이가 신나게 뛰어놀다 가구에 부딪혀도 다칠 위험을 최소화하기 위해서다. 이 곡선 디자인은 안전성을 확보할 뿐 아니라, 시각적으로 부드럽고 안정적인 분위기를 연출하여 공간 전체에 편안함을 더하는 심미적 효과도 있었다. 또한, 아이 눈높이에 맞는 낮은 수납장을 두어 아이가 스스로 장난감을 꺼내고 정리하는 습관을 자연스럽게 유도했다.

공간의 마법: 집이 넓어 보이는 가구 배치법

넓지 않은 거실을 시각적으로 최대한 확장하기 위해, 부부는 체계적인 가구 배치 원칙을 적용했다.

첫째, 가구의 높이를 낮추고 통일했다. 거실의 중심인 소파는 등받이가 낮은 모델을 선택해 창밖으로 이어지는 시야를 가리지 않도록 했다. 다른 가구들 역시 전체적인 높이를 비슷하게 맞춰 공간에 시각적 안정감과 질서를 부여했다.

둘째, 바닥이 보이는 디자인을 선택했다. 소파나 수납장을 고를 때, 바닥에 딱 붙는 디자인 대신 가느다란 다리가 있어 바닥 면이 드러나는 가구를 골랐다. 이렇게 바닥이 더 많이 보일수록 공간이 덜 막혀 보이고 넓어 보이는 착시 효과를 주기 때문이다.

셋째, 공간의 중앙을 과감히 비웠다. 현관에서 거실로 들어설 때, 시선이 창가까지 막힘없이 이어지는 것이 개방감의 핵심이다. 이를 위해 거실 중앙을 최대한 비워두었다. 꼭 필요한 거실 테이블은 투명한 아크릴 소재를 선택해, 공간을 차지하면서도 시야를 가리지 않는 영리함을 보였다.

마지막으로, 공간에 안정감을 주는 '대각선 법칙'을 활용했다. 이는 출입문에서 바라보았을 때 가장 중요한 가구를 대각선 방향 가장 먼 곳에 배치하는 원리다. 시선이 자연스럽게 공간 깊숙이 유도되어 깊이감과 안정감을 부여하는 효과가 있다. 부부는 이 원칙에 따라 거실 소파를 현관문과 대각선을 이루는 벽면에 배치하여, 집에 들어서는 순간 편안하고 넓어 보이는 첫인상을 완성했다.

주방 벽을 허물다: 고립에서 소통으로, 오픈 키친

수진 씨의 가장 큰 고충은 폐쇄형 주방이었다. 사방이 벽으로 막힌 주방은 요리하는 그녀를 가족에게서 완벽하게 고립시켰다. 거실에서 들려오는 남편과 아이의 웃음소리에

동참할 수 없었고, 노는 아이를 수시로 확인하기도 어려웠다. 주방은 그녀에게 즐거운 창조가 아닌, 외로운 노동의 공간이었다.

이 고립감을 해결하기 위해 부부는 과감히 주방 벽을 허물고 거실, 다이닝 공간과 하나로 이어지는 오픈 키친을 선택했다. 벽이 사라지자 놀라운 변화가 일어났다. 수진 씨는 요리하며 거실의 가족과 자연스럽게 대화하고, 아이가 노는 모습을 한눈에 지켜볼 수 있게 되었다. 주방은 더 이상 집의 외딴섬이 아닌, 가족의 일상이 교차하고 소통이 이뤄지는 사회적 중심으로 거듭났다.

물론 오픈 키친의 단점도 있다. 요리 소음과 냄새가 집 전체로 퍼질 수 있고, 정리되지 않은 주방이 그대로 노출되어 어수선해 보일 수 있다. 부부는 이러한 단점을 보완하기 위해 몇 가지 장치를 마련했다. 먼저, 일반 후드보다 성능이 강력한 제품을 설치해 냄새와 연기를 효과적으로 제어했다. 또한, 거실과 주방 사이에 조리대 겸 식탁으로 사용할 아일랜드Island를 배치했다. 이 아일랜드는 요리 공간을 확보하는 동시에, 거실에서 주방의 복잡한 부분이 직접 보이지 않도록 시선을 차단하는 완충 지대 역할을 했다. 이는 공간을 분리하면서도 연결하는 하이브리드 디자인의 장점을 취한 것으로, 개방감은 유지하면서 프라이버시는 확보하는 현명한 절충안이었다. 이처럼 주방의 구조적 변화는 단순히 유행을 따르는 것을 넘어, 가족의 소통 방식을 바꾸고 삶의 질을 높이는 중요한 결정이다.

과학을 더하다:
최소 동선으로 최대 효율을, 주방 삼각동선

새로운 주방의 효율을 극대화하기 위해, 부부는 주방 설계의 황금률인 주방 삼각동선Kitchen Work Triangle 원리를 적용했다. 이는 주방의 3대 핵심 구역인 재료 준비(냉장고), 세척(개수대), 조리(가열대)를 세 꼭짓점으로 하는 가상의 삼각형을 만드는 것이다. 세 지점을 잇는 동선의 총합이 이상적인 범위(약 3.5~6.5m)에 위치하도록 설계하여 불필요한 움직임을 최소화하고 요리 과정을 유기적으로 만드는 것이 핵심이다.

부부의 주방은 아일랜드가 추가된 'ㄱ'자형 구조로 설계

되었다. 이는 20~30평형대 주택에서 널리 사용되며 효율성이 입증된 배치다. 냉장고에서 식재료를 꺼내(준비), 개수대에서 씻고(세척), 가열대에서 조리하는(조리) 흐름이 자연스러운 삼각형을 그리도록 각 기기를 배치했다. 덕분에 수진 씨는 여러 요리를 동시에 할 때도 동선이 꼬이지 않고, 최소한의 움직임으로 모든 작업을 수행할 수 있게 되었다. 이는 요리 시간을 단축하고 피로를 줄이는, 보이지 않지만 매우 과학적인 설계의 힘이었다.

질서를 만들다: 숨김과 보임의 미학, 스마트 수납

오픈 키친은 모든 것이 노출되므로 시각적인 정리가 무엇보다 중요하다. 자질구레한 주방 도구와 다양한 가전제품이 그대로 보이면 집 전체가 혼란스러워 보일 수 있다. 따라서 부부는 숨김 수납Hidden Storage을 새로운 주방의 제1원칙으로 삼았다.

먼저, 냉장고, 식기세척기, 오븐 등 부피가 큰 가전제품은 모두 가구 도어와 동일한 마감재를 사용한 빌트인Built-in 시스템으로 처리했다. 이를 통해 가전제품의 존재감을 최소화하고, 주방 가구와 일체화된 듯 깔끔하고 정돈된 벽면을 완성했다.

다음으로, 버려지기 쉬운 틈새 공간을 적극 활용했다. 냉장고와 벽 사이의 애매한 공간이나 싱크대 하부장 코너 등에는 바퀴 달린 얇은 슬라이딩 수납장을 설치하여 양념 통이나 작은 식료품을 효율적으로 보관했다. 겉에서는 보이지 않지만, 필요할 때는 손쉽게 꺼내 쓰는 똑똑한 수납 아이디어였다.

하지만 모든 것을 숨기는 것이 능사는 아니다. 무조건 숨기기만 한 공간은 자칫 무미건조해 보일 수 있다. 부부는 '숨김 수납'과 '보이는 수납'의 조화를 추구했다. 자주 사용하는 예쁜 그릇이나 여행지에서 사 온 독특한 컵, 작은 화분 등은 미니멀한 디자인의 오픈 선반에 진열했다. 이는 수납 기능을 하면서 동시에 주방을 꾸미는 장식 요소가 되어 가족의 취향과 개성을 드러냈다. 이처럼 잘 계획된 수납은 단순히 물건을 정리하는 것을 넘어, 공간에 질서와 아름다움을 동시에 부여하는 미학적 행위다.

2. 비움과 채움의 미학, 변화하는 삶을 담는 가구와 스타일

하나의 가구, 여러 쓰임: 다기능 가구의 지혜

아이는 하루가 다르게 자라고, 가족의 라이프스타일은 계속 변한다. 한번 구매하면 오래 사용하는 크고 무거운 가구는 삶의 변화에 유연하게 대처하기 어렵다. 오히려 변화의 걸림돌이 되기도 한다. 부부는 이러한 경직성을 피하고 공간의 유연성을 확보하기 위해, 하나의 가구가 여러 역할을 수행하는 다기능 가구Multifunctional Furniture를 적극 활용했다.

예를 들어, 거실 소파는 디자인만 보고 고르는 대신 좌석 하부에 커다란 서랍이 있는 수납형 소파를 선택했다.

부피가 큰 아이 장난감이나 계절 담요를 이곳에 보관함으로써, 거실을 항상 깔끔하게 유지하는 비결을 얻었다. 다이닝 식탁은 평소 4인용으로 쓰다가 손님이 오면 상판을 확장해 6~8인용으로 변신하는 익스텐션Extension 테이블을 선택했다. 침실에는 침대 프레임과 서랍장이 결합된 수납 침대를 두어, 별도 서랍장 공간을 절약하고 계절 옷이나 침구류를 효율적으로 보관했다. 이처럼 다기능 가구는 한정된 공간의 활용도를 극대화하고, 미래의 다양한 상황에 대비하는 현명한 선택이다.

자유로운 조합: 삶과 함께 성장하는 모듈 가구

다기능 가구가 공간 효율을 높이는 지혜라면, 모듈 가구Modular Furniture는 삶의 변화에 가장 능동적으로 대처하는 즐거운 방법이다. 모듈 가구는 여러 개의 독립된 단위(모듈)로 구성되어, 사용자의 필요에 따라 자유롭게 조합하고 재배치할 수 있다는 점이 가장 큰 특징이다.

부부는 집 안 곳곳에 모듈 가구 시스템을 도입했다. 거실에는 까사미아 '캄포' 시리즈 같은 모듈형 소파를 두었다. 기본 모듈과 코너 모듈, 오토만 등을 조합하여 평소에는 'ㄱ'자 형태로 쓰다가, 친구들이 방문하면 모듈을 분리해 여러 사람이 마주 보고 앉는 대화형 구조로 손쉽게 바꿀 수 있었다. 이사를 가거나 가족이 늘어도 필요한 모듈만 추가하면 되니, 한번 사면 버릴 필요 없이 평생 함께할 수 있는 가구였다.

아이 방에는 성장에 맞춰 변화하는 공간을 만들어주기 위해, 일룸 '로이' 시리즈 같은 모듈 시스템을 도입했다. 유아기에는 놀이 공간을 넓게 확보하도록 침대와 낮은 수납장 위주로 구성하고, 초등학생이 되면 책상과 책장 모듈을 추가해 학습 공간을 만들어 줄 계획이다. 이처럼 모듈 가구는 아이의 성장 단계에 따라 공간이 함께 성장하도록 돕는 가변적인 솔루션이다.

이러한 가구 선택은 단순히 유행을 따르는 것을 넘어, 집에 대한 근본적인 인식의 변화를 보여준다. 집은 더 이상 한번 정해지면 바뀌지 않는 정적인 공간이 아니라, 가족의 삶과 함께 끊임없이 진화하고 변화하는 역동적인 플랫폼이 되어야 한다. 모듈 가구와 다기능 가구는 이러한 현대적 삶의 방식을 가장 잘 반영하는 도구다.

스타일 너머의 철학: 미니멀리즘과 맥시멀리즘

집의 기본 구조와 기능적인 가구 배치가 완성되자, 부부는 '이 공간을 어떻게 채울 것인가'라는 더 근본적인 질문에 부딪혔다. 이것은 단순히 예쁜 물건을 고르는 것을 넘어, 어떤 가치와 이야기를 집에 담을 것인가에 대한 철학적인 고민이었다. 이 과정에서 부부는 현대 인테리어의 양대 산맥인 '미니멀리즘Minimalism'과 '맥시멀리즘Maximalism'을 깊이 탐구했다.

미니멀리즘은 불필요한 것을 덜어내고 사물의 본질에 집중함으로써 오는 평온함과 질서를 추구하는 삶의 방식이다. 인테리어에서는 단순한 형태, 절제된 색상, 기능성, 여백의 미를 통해 차분하고 정돈된 공간을 구현한다.

반면, 맥시멀리즘은 개인의 역사와 취향이 담긴 다양한 물건을 통해 공간을 풍성하게 채우며, 복잡함 속에서 과감한 조화를 찾는 미학이다. 이는 단순히 물건을 많이 두는 것이 아니라, 각자의 개성과 소중한 이야기를 공간에 적극적으로 표현하는 라이프스타일 철학에 가깝다.

우리 집의 균형점:
미니멀한 바탕에 맥시멀한 추억을 담다

수진 씨와 민준 씨는 어느 한쪽 스타일을 맹목적으로 따르는 대신, 두 철학의 장점을 결합하여 가족만의 고유한 스타일을 구축했다. 이는 과도한 소비주의와 그 반작용으로서의 극단적 비움 사이에서 자신들만의 균형점을 찾는 과정이었다.

그 결과, 집의 전체적인 배경, 즉 벽, 바닥, 그리고 소파나 식탁 같은 큰 가구는 미니멀리즘의 원칙을 따랐다. 밝고 차분한 뉴트럴 톤 색상을 사용하고, 디자인은 최대한 단순하고 기능적인 것을 선택했다. 이를 통해 공간 전체에 안정감을 부여하고, 일상의 혼잡함에서 마음을 보호하는 고요한 바탕을 만들었다.

하지만 이 고요한 캔버스 위에는 가족의 이야기가 맥시

멀리즘적으로 과감하게 펼쳐졌다. 거실 선반에는 부부의 연애 시절부터 아이의 첫돌까지, 가족의 역사가 담긴 액자들이 자유롭게 놓였다. 여행지에서 수집한 소품과 아이가 서툴게 그린 그림은 그 자체로 가장 소중한 장식품이 되어 집안 곳곳에 자리를 잡았다. 이들의 집은 '비움'을 통해 일상의 질서를 유지하면서도, '채움'을 통해 가족의 정체성과 역사를 기록하는 '살아있는 아카이브Archive'가 되었다. 이는 미니멀리즘의 기능성과 맥시멀리즘의 개성 표현이 아름답게 조화를 이루는, 세상에 단 하나뿐인 그들만의 공간이었다.

영감의 시작: 일상을 재충전하는 공간의 힘

이렇게 완성된 집은 가족에게 새로운 '영감'의 원천이 되었다. 잘 정돈되어 있으면서도 따뜻한 이야기가 가득한 공간은 더 이상 스트레스를 유발하지 않았다. 민준 씨는 창가의 '나만의 성소'에서 새로운 아이디어에 깊이 '몰입' 하며 자기 계발의 시간을 가졌고, 수진 씨는 탁 트인 오픈 키친에서 새로운 레시피에 도전하며 요리의 즐거움을 재발견했다. 아이는 자신만의 놀이 공간에서 상상력을 마음

껏 펼치며 창의적으로 성장했다. 집은 이제 가족 각자의
성장을 돕고 서로에게 긍정적인 영감을 주는 창조적인
공간으로 완벽하게 변모했다.

3. 각자의 세계를 존중하며 함께하는 공간 디자인

경계의 위기, 서로의 세계를 존중하다

얼마 전, 나는 깊은 고민에 빠진 한 부부를 만났다. 그들은 굳게 닫힌 중학생 아들의 방문과 보이지 않는 전쟁을 치르고 있었다.

"아이가 방문을 걸어 잠그기 시작했어요. 안에서 뭘 하는지 알 수 없으니 불안해요."

"내 집인데, 내 아이 방에 들어가는 것조차 허락받아야 합니까?"

한때 가족의 웃음소리가 가득했던 집의 아들 방문은, 이제 통제 불능의 미지 영역이자 소통 단절의 거대한 벽이 되었다. 부모에게 집은 더 이상 편안한 공간이 아닌, 불안과 답답함이 쌓이는 스트레스 공간으로 변해 있었다.

부부가 마주한 핵심 '페인포인트는 자녀의 독립 욕구와 부모의 보호 욕구가 공간을 매개로 충돌하며 발생하는 관계의 소진이었다. 아들의 방은 휴식과 성장을 위한 개인의 요새이자, 부모에게는 여전히 보살핌과 통제가 필요한 가족의 영역이었다. 독립과 연결이라는 다른 필요가 '방문'이라는 경계선 하나를 사이에 두고 부딪히면서, 가족 모두는 깊은 심리적 갈등을 겪었다.

이러한 문제의식 속에서 부부는 집에 대한 근본적인 질문을 다시 던졌다. 집이 단순히 함께 사는 공간을 넘어, 서로의 변화를 인정하고 건강한 관계를 재정립하는 진정한 '회복Recovery'의 공간이 되어야 한다는 결론에 이르렀다. 이는 일방적인 규칙을 강요하는 것이 아니라, 서로의 영역을 존중하는 새로운 약속으로 무너진 신뢰를 회복하는 과정이다. 부부는 단순한 갈등 봉합을 넘어, 가족 관계를 회복시키는 공간을 만들기 위한 두 번째 시도를 시작했다.

문을 여는 새로운 약속: '노크'의 시작

기존 아들 방은 누구에게도 온전한 만족을 주지 못하는 '전쟁 지대'였다. 부모는 문밖에서 불안해했고, 아들은 문 안에서 자신을 방어해야 했다. 공간의 경계가 불분명했으므로, 그곳에서는 안정과 신뢰 어느 쪽도 불가능했다.

이 문제의 해결책으로 가족은 '노크Knock'라는 새로운 약속을 도입했다. 이는 물리적 변화 없이 관계의 역학을 바꾸는 가장 강력한 상징적 행위다. 부모는 아들의 방을 '가족의 집'에 속한 하위 공간이 아닌, 그의 독립된 주권이 미치는 자치령으로 인정했다. 방문은 더 이상 부모가 원할 때 여는 문이 아닌, 정중히 노크하고 허락을 구해야 하는 '국경'이 되었다.

이 작은 행위 하나가 모든 것을 바꾸었다. 노크하고 허락을 기다리는 순간, 부모는 '소유주'에서 '방문객'으로 지위가 바뀐다. 자신의 영역을 존중받는다고 느낀 아들은 더 이상 문을 걸어 잠그며 자신을 방어할 필요가 없었다. 노크라는 새로운 약속은 "방문 잠그지 마!"나 "안에서 뭐 하니?" 같은 반복적인 언어적 통제와 그로 인한 갈등을 줄여주었다. 잘 합의된 공간 규칙이 가족의 신뢰를 회복하는 중재자 역할을 한 것이다.

관점의 전환: '혼돈의 공간'에서 '선언의 공간'으로

새로운 경계가 설정되자, 부부는 아들의 방을 새로운 시각으로 바라보기 시작했다. 이전까지 '혼돈'으로 보였던 공간은, 한 사람의 정체성이 폭발적으로 발현되는 '선언의 공간Space of Declaration'으로 재해석되었다.

부모의 눈에 게으름의 증거였던 정돈되지 않은 침대와 뒤섞인 책상 위는, 이제 아들의 세계를 구성하는 중요한 단서가 되었다. 벽의 낯선 밴드 포스터는 아이가 속하고 싶은 문화적 부족을 향한 깃발이었고, 흐트러진 책들은 그의 지적 탐색의 이정표였다. 부모는 아들의 방을 평가하는 관리자가 아니라, 그곳에 담긴 의미를 읽어내는 호기심 많은 탐험가가 되었다. 이는 공간의 영역성이 갖는 힘을 인정한 결과다. 아이는 자신의 방을 어지럽히는 것이 아니라, 자신의 언어로 세계를 구축하고 있었다.

한편, 부모는 문밖에서 불안에 떠는 대신 아들을 한 명의 독립된 인격체로 신뢰하기 시작했다. 방문을 잠그는 대신 저녁 식사를 함께하고 정해진 시간에 환기하는 등, 아이가 최소한의 공적 생활에 참여하는 모습을 보며 안도감을 찾았다. 아들이 자신만의 세계를 구축할 권리를 얻었듯, 부모 또한 불필요한 불안감에서 벗어나 '신뢰의 공간'을 확보하게 된 것이다.

벽에 표현하다: 아이의 정체성을 담는 갤러리

관계 회복이 시작되자, 부부는 아들의 방을 그의 삶에 영감을 불어넣는 창조적인 공간으로 만드는 다음 단계로 나아갔다. 방 한쪽 벽면 전체를 아이가 자신의 취향과 관심사를 마음껏 표현하는 캔버스로 사용하도록 제안했다.

주말 동안 아버지와 아들은 함께 페인트를 골라 벽을 칠했고, 어머니는 아이가 아끼는 밴드 포스터를 붙일 멋진 프레임을 함께 골랐다. 이 과정은 부모가 일방적으로 공간을 꾸며주는 것이 아니라, 아이가 스스로 자신의 세계를 펼치도록 지지하는 조력자가 되는 시간이었다. 얼마 지나지 않아 그 벽은 아이의 세계를 보여주는 멋진 갤러리로 변모했다. 그가 좋아하는 밴드 포스터, 친구들 사진, 감명 깊은 책 구절, 서툰 그림들이 벽을 채워나갔다.

'표현의 벽'은 더 이상 차가운 구조물이 아니라, 아이의 꿈과 열정이 기록되는 살아있는 연대기였다. 이 공간은 아이의 정체성을 가족이 공식적으로 인정하고 지지한다는 강력한 메시지를 전달하며, 방 전체에 흩어져 있던 표현 욕구를 한곳으로 집중시키는 효과를 낳았다. 방은 이제 아이에게 새로운 '영감Inspiration'을 주는 창조의 기지가 되었다.

공간에 목적을 부여하다: 마음을 위한 조닝Zoning

마지막 단계는 아이가 자신의 공간을 주도적으로 통제하고 삶의 균형을 찾도록 돕는 것이었다. 학업, 휴식, 취미가 뒤섞이기 쉬운 청소년의 방에 첫 번째 가족이 거실에 적용했던 '조닝Zoning' 기법을 도입했다. 아이와 함께 방을 세 개의 다른 세계로 나누었다.

- **회복의 세계**: 침대 구역. 오직 잠과 휴식을 위한 성역
  이다. 스마트폰이나 책 반입을 최소화하여 수면의 질을
  높인다.
- **몰입의 세계**: 책상 구역. 학습과 창작에 집중하는 공간
  이다. 시각적 방해를 최소화하도록 책상을 벽 쪽으로
  돌려 배치하고, 필요한 학용품만 간결하게 정리한다.
- **영감의 세계**: '표현의 벽' 앞 작은 소파와 테이블을 둔
  곳. 친구와 이야기하거나 취미를 즐기는 활기찬 무대다.

공간을 분리하자 놀라운 변화가 일어났다. 아이는 이전
보다 공부에 더 잘 집중하고 잠도 더 깊이 자게 되었다고
말했다. 외부 공간에 질서가 생기자 혼란스럽던 내면세계
에도 질서가 잡히기 시작한 것이다. 자신의 공간을 스스로
구획하고 통제하는 경험은, 아이가 자신의 시간과 에너지
를 관리하는 법을 배우는 훌륭한 훈련이 되었다.

집, 삶과 관계를 회복시키는 살아있는 공간

두 가족의 이야기는 집이라는 공간이 우리 삶과 관계에
얼마나 깊은 영향을 미치는지 명확하게 보여준다. 거실의

기능 충돌과 주방의 소통 단절이라는 '페인포인트'는 젊은 부부에게 보이지 않는 피로를, 굳게 닫힌 방문은 또 다른 가족에게 소통 단절이라는 상처를 안겨주었다.

하지만 이들은 문제를 회피하는 대신, 공간에 대한 깊은 성찰과 창의적인 해법으로 정면 돌파했다. 기능에 따라 공간을 나누는 '조닝', 소통의 중심이 된 '오픈 키친'에서부터 존중의 의미를 담은 '노크', 아이의 세계를 인정한 '표현의 벽'까지. 이 모든 과정은 단순히 집을 꾸미고 재배치하는 것을 넘어, 가족의 생활 방식과 서로를 대하는 관계를 재설계하는 과정이었다.

새롭게 태어난 집은 물리적 공간의 변화를 넘어, 가족의 삶과 관계에 진정한 '회복'을 가져왔다. 이제 집은 가족 구성원 각자의 필요와 독립성을 존중하고, 따뜻하고 건강한 소통을 촉진하며, 함께 성장하는 영감의 원천이다. 집을 바꾼다는 것은 결국, 우리 삶과 관계를 더 나은 방향으로 이끌어가는 가장 근본적이고도 강력한 행위다. 이들의 집은 이제 그 어떤 외부와 성장의 풍파에도 흔들리지 않는, 굳건하고 따뜻한 삶의 기반이 되어줄 것이다.

이 워크북은 당신의 공간과 나누는 대화의 시작이다. 머리가 아닌 몸과 마음의 이야기에 귀 기울여, 당신의 공간을 진정 '머물고 싶은 곳'으로 만드는 과정을 시작한다.

1단계: 공간의 목소리를 듣는다

가장 먼저, 공간이 몸을 통해 보내는 정직한 신호를 듣는다.

질문: 당신의 일상과 공간이 충돌하는 가장 큰 마찰 지점은 어디인가? 그리고 당신의 마음이 진정으로 원하는 공간의 역할은 무엇인가?

- **몸의 마찰**: 매일 반복되는 가장 사소하지만 가장 거슬리는 불편함 하나를 찾는다. (예: 밤마다 침대 모서리에 발을 찧는다. / 설거지 후 그릇 둘 곳이 마땅치 않다.)

- **마음의 마찰**: 지금 당신의 집이 해주었으면 하는 가장 중요

한 역할(예: 회복, 몰입, 영감)은 무엇이며, 현실은 어떻게 다른가? (예: 온전한 '회복'이 필요하지만, 집은 정리되지 않은 일터처럼 느껴진다.)

2단계: 나의 이야기를 편집한다

공간을 채우고 비우는 것은 나의 삶 이야기를 직접 편집하는 과정이다.

질문: 질문: 현재의 당신을 위해 무엇을 비우고, 무엇을 남겨 더 빛나게 할 것인가?

- 비우기: 현재의 당신을 더 이상 행복하게 하지 않는 물건 하나를 고른다. 그 물건이 떠난 자리에 어떤 새로운 가능성을 초대하고 싶은가? (예: 더 이상 입지 않는 낡은 코트를 비우고, 그 자리에 '새로운 시작'이라는 가능성을 초대한다.)

- 채우기: 현재의 당신을 가장 완벽하게 대변하는 소중한 물건 하나를 찾는다. 그 물건을 집 안에서 가장 잘 보이는 명예로운 자리에 둔다. (예: 나의 '용기'를 상징하는, 처음으로 혼자 떠난 여행지에서 사 온 조약돌)

3단계: 새로운 관계를 디자인한다

공간의 배치는 그 안에서 일어나는 관계의 대본을 쓰는 것과 같다.

질문: 나 자신, 그리고 타인과 더 나은 관계를 맺기 위해 공간과 어떤 약속을 하겠는가?

- 나를 위한 약속: 온전히 나 자신으로 있기 위해, 집 안에 마련할 나만의 작은 '둥지'는 어디이며, 그곳을 지키기 위한 규칙 하나는 무엇인가? (예: 창가 의자. 헤드폰을 끼고 있을 땐 15분간 방해하지 않기.)

- 우리를 위한 약속: 가장 중요한 공유 공간(예: 거실)에서 함께 느끼고 싶은 감정을 위해, 오늘 당장 시작할 수 있는 작은 약속 하나는 무엇인가? (예: '편안한 연결'을 위해, 저녁 8시 이후엔 휴대폰을 바구니에 둔다.)

당신 마음속 진실만이 당신의 공간을 변화시키는 유일한 열쇠다. 이 작은 대화의 시작이 당신과 당신의 공간을 다시 사랑으로 연결할 것이다. 공간과의 대화는 한 번으로 끝나지 않는다. 당신의 삶이 성장하듯, 당신의 집도 함께 성장한다. 당신의 공간을 삶의 가장 좋은 파트너로 삼아 이 즐거운 대화를 계속 이어 나가길 바란다.

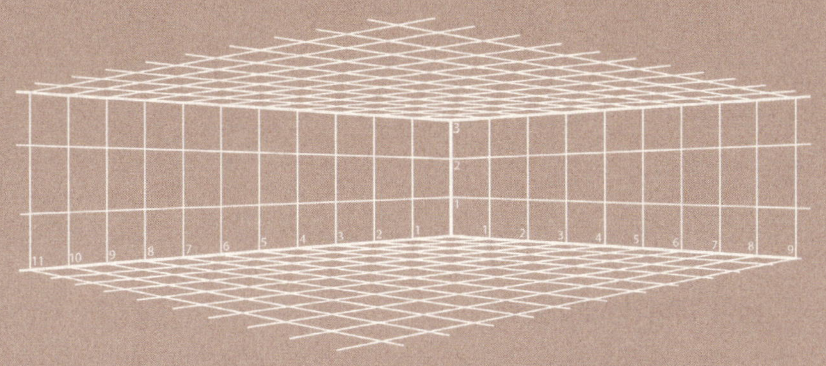

6장

철학을 현실로

: 나만의 공간을 구현하는 실전

꿈이 폐허가 되었을 때

"실장님, 제가… 바보였습니다."

수화기 너머 그의 목소리는 무겁고 축 처진 느낌이었다. 생애 첫 집을 마련한 남자의 목소리라고는 믿기지 않을 만큼 깊은 절망이 배어 있었다. 시작은 장밋빛이었다. 그는 남에게 보여주기 위한 집이 아닌, 오직 자신과 가족을 위한 진정한 '홈Home'을 꿈꿨다. 빛이 쏟아지는 창가 소파, 웃음소리가 끊이지 않을 원목 식탁, 하루의 피로를 씻어낼 호텔 같은 욕실. 그의 머릿속에는 회복, 영감, 몰입의 순간이 펼쳐질 '기분 좋은 공간'의 청사진이 선명했다.

문제는 그 섬세한 철학을 비즈니스의 언어로 번역할 파트너를 찾는 과정에서 시작됐다. 나는 이 과정을 '이상의 육화肉化'라 부른다. 보이지 않는 관념이 먼지, 소음, 돈, 계약이라는 현실의 옷을 입는 과정이기 때문이다. 이 과정에서 그의 철학은 숫자가 되었고 꿈은 가격표를 달았다.

결국 그는 가장 저렴한 가격을 제시한 업체와 계약했다. '다들 비슷하겠지'라는 안일한 생각이 불행의 씨앗이었다. 그의 실패는 단순한 재정적 실수가 아니었다. 자신의 철학을 지켜낼 언어와 도구를 갖추지 못한 실존적 실패였다.

비양심적인 파트너는 그 취약한 틈을 파고들었다. 공사가 시작되자 약속과 다른 저급 자재가 들어왔고, 현장 소장은 연락조차 잘되지 않았다. 항의하면 '까다로운 고객'으로 몰리기 일쑤였다. 그는 자신의 꿈이 눈앞에서 훼손되는 것을 속수무책으로 지켜봐야 했다. 그 시간은 깊은 배신감과 무력감 속에서 자신에 대한 믿음마저 앗아갔다.

그는 공사를 중단하고 잿더미가 된 현장과 너덜너덜해
진 마음을 들고 나를 찾아왔다. 그의 '기분 좋은 공간'을
향한 꿈은 폐허가 된 현실이었다. 그 폐허는 회복을 향한
꿈이 어떻게 좌절되는지, 영감의 기대가 어떻게 배신당하
는지, 몰입의 안식처가 어떻게 전쟁터로 변질될 수 있는지
를 보여주는 처참한 증거였다.

이 마지막 장은 앞선 모든 철학적 탐구의 최종 '윤리적
시험대'다. 좋은 집이 신뢰, 보살핌, 진정성 위에서 만들어
진다면, 집을 만드는 '과정' 역시 그 가치를 온전히 담아
내야 한다. 계약, 예산, 소통 같은 실무적 문제는 더 이상
기술적 과제가 아니라, 우리의 철학을 현실에 진정성 있게
구현하는 시험 과정이다.

이제 추상적인 철학의 세계를 떠나 먼지, 소음, 돈, 계약,
사람 사이의 갈등이라는 현실에 발을 딛는다. 이 글은 실전
의 시도에서 길을 잃지 않도록 돕는 든든한 동반자다.

1. 폐허에서 피어나는 관계의 지도,
  그 약속과 소통의 기술

그의 현장은 처참했다. 뜯다 만 벽지, 어지럽게 널린 자재, 정체불명의 폐기물 더미가 있었다. 하지만 더 심각한 것은 물리적 파괴가 아니었다. 공간에 대한 그의 꿈과 희망이 산산조각 났다는 사실이었다.

"다 포기하고 싶어요. 그냥 이대로 팔아버릴까요?"

나는 섣부른 위로 대신 처음부터 다시 시작해야 한다고 말했다. 잿더미가 된 현장을 잠시 잊고, 그가 처음에 그렸던 꿈의 지도를 다시 펼쳐 보자고 제안했다. 모든 것이 무너진 곳에서, 우리는 가장 기본적인 첫걸음부터 다시 내디뎌야 했다. 이는 단순히 공사를 재개하는 것이 아니라, 무너진 그의 마음과 공간에 대한 믿음을 다시 세우는 과정이었다.

당신의 꿈은 얼마인가: 예산, 현실과 타협하는 기술

인테리어는 막연한 꿈을 '예산'이라는 구체적인 숫자로 번역하는 현실적인 과정이다. 그와의 두 번째 만남에서, 나는 화이트보드에 그의 꿈의 목록과 우리가 쓸 수 있는 금액을 나란히 적었다. 가용 예산을 명확히 설정하는 것이 모든 계획의 첫 단추다.

"이 모든 것을 다 가질 수는 없습니다. 이제 우리는 선택해야 합니다."

한정된 예산에서 '포기할 수 있는 것'과 절대 포기할 수 없는 것'의 우선순위를 정해야 했다. 이때 필요한 개념이 바로 '가성비'와 '가심비'다.

- 가성비(가격 대비 성능): 기능에 문제없는 선에서 합리적인 비용을 선택하는 것이다. 눈에 잘 띄지 않는 발코니 창고의 타일이나 조명 등이 해당한다.
- 가심비(가격 대비 심리적 만족도): 비용이 더 들더라도 심리적 만족감에 결정적인 부분에는 과감히 투자하는 것이다. 매일 발이 닿는 바닥재, 손이 닿는 문손잡이, 가장 오래 머무는 공간의 의자 등이 여기에 속한다.

'가심비'는 충동적인 소비가 아니다. 우리가 탐구했던 '기분 좋은 공간'의 핵심 요소에 전략적으로 투자하는 이성적인 행위다. 예산 계획은 돈을 아끼는 과정이 아니라, 당신의 철학을 어디에 집중할지 결정하는 행위다. 나의 '가심비'가 무엇인지 아는 것은 내가 어떤 사람인지 아는 것과 같다.

처음 예산을 세우는 일은 막막하게 느껴질 수 있다. 일반적으로 전체 예산은 다음 비율로 배분되니 참고할 수 있다. 이는 공사 범위나 자재 등급에 따라 달라지는 대략적인 가이드라인이다.

- 설계 및 디자인비: 5~15%
- 철거 및 기본 공사(목공, 설비 등): 30~40%
- 마감재(바닥, 벽, 타일 등): 20~30%
- 제작 가구(주방, 붙박이장 등): 15~25%
- 조명 및 기타: 5~10%

이 가이드라인을 바탕으로 당신만의 예산 지도를 그릴 수 있다. '가심비(심리적 만족)'에 해당하는 항목의 비중은 높이고, '가성비(기능적 만족)' 항목은 낮추는 방식이다. 예를 들어 숙면이 가장 중요하다면, 값비싼 장식장 대신 최고급 매트리스에 투자하는 것이 현명한 '가심비' 선택이다. 재택근무자라면 다른 가구는 중고를 쓰더라도, 서재의 고품질 조명과 집중력을 높이는 색에 투자해야 한다.

나는 그에게 물었다. "끔찍한 경험 후, 당신의 마음을 가장 편안하게 해 줄 '가심비' 항목 세 가지는 무엇인가요?" 한참을 고민하던 그는 명쾌하게 답했다. 첫째는 아이 방의 친환경 마감재(가족의 건강), 둘째는 아내가 꿈꾸던 욕조(아내의 휴식), 마지막은 온 가족이 함께할 원목 식탁(가족의 소통)이었다. 그의 우선순위는 더 이상 모호한 꿈이 아닌, 가족의 건강과 휴식, 소통이라는 명확한 철학적 가치에 기반했다. 우선순위가 정해지자 예산 계획은 명쾌해졌다. 우리는 이 세 가지 '가심비' 항목에 예산을 집중하고, 나머지는 '가성비'를 챙기기로 했다.

그리고 가장 중요한 것. 나는 총예산의 10~15%를 '예비비'로 따로 표시했다. "이건 절대 쓰면 안 되는 돈입니다. 공사 중에는 예상치 못한 변수가 반드시 생깁니다. 철거

후 발견된 누수나 예상치 못한 구조적 문제처럼 말입니다. 이 예비비는 위급 상황을 위한 보험금입니다."

누구와 함께 길을 떠날 것인가: 나에게 맞는 파트너 찾기

그가 실패한 가장 큰 이유는 잘못된 파트너를 만났기 때문이다. 인테리어 공사 방식은 크게 세 가지로 나눌 수 있다. 각각의 장단점을 이해하고, 나의 상황과 성향에 맞는 방식을 선택해야 한다.

- 턴키(Turn-Key) 인테리어: 디자인부터 시공까지 모든 과정을 인테리어 업체 한 곳에 일임하는 방식. 가장 편리하지만 비용이 가장 높고, 업체 의존도가 절대적이다. 그가 선택했던 방식이었고, 최악의 파트너를 만났다.
- 반셀프 인테리어: 전체 계획은 내가 주도하고, 각 공정에 필요한 기술자를 직접 섭외하고 관리하는 방식. 비용을 상당 부분 절감할 수 있지만, 상당한 지식과 시간, 노력이 필요하다.

- **셀프 인테리어(DIY)**: 모든 공정을 직접 처리하는 방식. 비용 절감 효과는 가장 크지만, 전문성이 필요한 공사를 시도했다가는 돌이킬 수 없는 결과를 낳을 수 있어 실패 위험이 매우 크다.

그는 이미 턴키 방식에 데었던 터라 반셀프 인테리어에 마음이 기울었지만, 직장 생활을 하며 모든 공정을 관리하기에는 시간과 에너지가 부족했다. 우리는 신뢰할 수 있는 새로운 턴키 업체를 찾는 것으로 결론 내렸다. 단, 이번에는 실패하지 않기 위해 몇 가지 원칙을 세웠다.

- **포트폴리오 확인**: 단순히 예쁜 결과물이 아니라, 이전 작업물이 내가 추구하는 공간 철학과 비슷한 결을 가졌는지 꼼꼼히 살폈다. 내가 자연 소재를 활용한 따뜻한 '회복의 공간'을 원한다면, 포트폴리오가 온통 차가운 미니멀리즘 스타일뿐인 업체와는 결이 맞지 않을 확률이 높다.
- **상담과 소통**: 최소 3곳 이상의 업체와 상담했다. 우리는 단순히 업체의 설명을 듣기보다, 그들이 우리의 이야기를 얼마나 경청하고 공감하는지, 전문적인 내용을

쉽게 설명하며 합리적인 대안을 제시하는지를 중점적으로 살폈다. 좋은 파트너는 자랑하기보다 질문하는 사람이다.

- 현장 확인: 마음에 드는 두 업체의 양해를 구해, 현재 공사 중인 현장과 완공된 현장을 직접 방문했다. 현장의 정리정돈 상태, 작업자들의 분위기, 눈에 잘 띄지 않는 구석의 마감 품질을 직접 확인했다. 혼돈 속에서도 질서를 유지하는 현장은 신뢰할 수 있다.

머릿속의 꿈을 꺼내 보여주는 법: 시각화 작업

가장 먼저 한 일은 그의 머릿속 추상적인 이미지를 구체적인 시각 언어로 번역하는 작업이었다. '알아서 예쁘게 해주세요'라는 말처럼 위험한 것은 없다. 내가 원하는 바를 정확하게 전달하기 위해서는, 눈에 보이는 시각 자료가 필요하다.

- 레퍼런스 수집: 핀터레스트, 오늘의집 같은 플랫폼과 잡지를 뒤져 그가 마음에 들어 했던 공간 사진들을 다시 모았다. 단, 이번에는 단순히 '예쁘다'고 저장하는

데서 그치지 않고, 각 사진의 어떤 점이 마음에 드는지 구체적으로 메모했다. (예: 이 사진의 따뜻한 조명 색감, 저 사진의 미니멀한 선반 디자인)

- **무드보드(Moodboard) 만들기**: 모은 이미지와 실제 사용할 자재 샘플, 색상 칩을 커다란 보드 위에 함께 붙여 '무드보드'를 만들었다. 이것은 '공간 내러티브'의 시각적 요약본이자, 우리가 꿈꾸는 '기분 좋은 공간'의 비주얼 선언문이다. 클라이언트와 디자이너가 같은 꿈을 꾸고 있음을 확인하는 중요한 대화 도구다.

- **3D 모델링 확인**: 디자인 스튜디오는 우리의 무드보드를 바탕으로 공간을 3D 모델링 이미지로 구현했다. 도면만으로는 상상하기 어려운 공간감이나 가구와 조명의 조화, 색감의 미묘한 차이까지 직관적으로 확인할 수 있었다. 그는 3D 이미지를 통해 가상으로 집을 거닐어보며, 소파 위치를 조금 옮기고 주방 타일 색을 한 톤 낮추는 등 중요한 디테일을 최종 수정했다.

약속의 언어: 도면과 일정 위에 꿈을 그리다

시각화 작업이 끝나면, 그 꿈을 실제 공사를 위한 약속된 언어, 즉 도면과 일정으로 옮겨야 한다. 도면은 우리의 '공간 철학'을 현실 세계에 구현하기 위한 가장 구체적인 설계도다.

- **평면도**: 하늘에서 집을 내려다본 모습. 집의 전체 구조, 벽과 문, 가구 배치를 보여준다. 이 도면으로 '동선'이 자연스러운지, '인체 공학'에 맞는 간격이 확보되었는지, '조닝'이 의도대로 이루어졌는지 확인한다.
- **입면도**: 각 방향의 벽면을 정면에서 바라본 모습. 붙박이장의 디자인, TV 위치, 스위치와 콘센트의 정확한 높이와 개수 등을 확정한다. 60:30:10 색채 법칙과 벽면 소재의 질감이 어떻게 표현되는지 미리 볼 수 있다.
- **천장도**: 바닥에서 천장을 올려다본 모습. 모든 조명의 종류와 정확한 위치, 스위치 배선 계획을 보여준다. '빛의 레이어링'을 위한 작전 지도로, 전체-부분-강조 조명이 의도대로 배치되었는지 꼼꼼히 확인해야 한다.

　도면과 함께, 모든 자재의 정확한 모델명과 규격 등을 정리한 '자재 명세서(스펙북)'를 작성했다. 이는 우리 집의 '주민등록등본'과 같다. 벽지, 바닥재, 조명의 구체적인 정보를 명시해야 한다. 첫 업체는 '강마루', '실크벽지'처럼 두루뭉술하게 표기했지만, 이번에는 모든 자재 샘플을 직접 보고 만져본 후에야 최종적으로 결정했다. 이 스펙북은 계약서에 첨부되어, 약속과 다른 자재가 들어오는 것을 막는 가장 강력한 증거가 된다.

　마지막으로, 각 공정 순서와 기간을 한눈에 볼 수 있는 '공사 일정표'를 공유했다. 그는 더 이상 무력한 구경꾼이 아니었다. 자기 집이 만들어지는 과정에 주체적으로 참여하는 진정한 '건축주'가 된 것이다.

약속의 기술: 신뢰를 지키는 계약과 소통

　인테리어의 절반은 사람과의 관계다. 아무리 완벽한 계획을 세워도, 실행하는 사람과의 약속과 신뢰가 무너지면 모든 것이 수포로 돌아간다. 그가 겪었던 끔찍한 경험은 바로 이 '약속의 기술'이 부재했기 때문이다.

1단계: 견적서로 진실성 파악하기

여러 업체에서 받은 견적서를 단순히 총액만 보고 가장 저렴한 곳을 선택하는 것은 눈을 가리고 절벽으로 달려가는 것과 같다. 견적서마다 공사 범위, 자재 등급, 포함/별도 항목이 모두 다르기 때문이다. 저렴한 견적서는 종종 중요한 항목을 누락하거나 저급 자재를 기준으로 작성된 뒤, 공사 중에 추가 비용을 요구하는 '미끼'일 가능성이 높다.

- 공사 항목 확인: 요청했던 모든 공사 내용이 빠짐없이 들어갔는지, 불필요한 공사가 추가되지는 않았는지 확인했다.
- 자재 스펙 확인: '○○ 브랜드 강마루'처럼 두루뭉술하게 적힌 항목은 없는지 확인했다. 모든 자재는 정확한 브랜드와 모델명까지 명시되어야 한다.
- 단위와 수량 확인: '욕실 공사 1식'과 같이 뭉뚱그려 표기된 항목은 세부 내역서를 반드시 요청하여 꼼꼼히 확인했다.
- 포함/별도 항목 확인: 폐기물 처리 비용, 보양 작업 비용, 엘리베이터 사용료, 그리고 가장 중요한 부가세(VAT)가 총액에 포함된 금액인지 명확하게 확인해야 한다.

2단계: 표준 계약서로 약속 문서화하기

'사장님이 좋은 분 같으니 그냥 믿고 할게요.' 이런 말은 절대 금물이다. 구두 계약이나 간이 계약서는 법적 분쟁 시 아무런 힘이 없다. 계약서는 우리의 '공간 내러티브'를 실현하겠다는 구속력 있는 약속의 문서다. 우리는 반드시 공정거래위원회가 제정한 '실내 건축·창호공사 표준 계약서'를 기반으로 상세한 계약서를 작성했다.

- 공사 범위와 내용: 최종 견적서, 모든 도면, 자재 스펙북을 계약서의 '별첨 서류'로 모두 첨부했다.
- 총 공사금액 및 대금 지급 방법: 계약금, 중도금, 잔금의 비율과 지급 시기를 명시했다. 잔금은 모든 공사가 완료되고 하자가 없음을 최종적으로 확인한 후에 지급해야 한다.
- 공사 기간: 착공일과 완공일을 명확하게 기재하고, 공사 지연 시 지체 상금 조항을 포함했다.
- 하자 보수(A/S): 공사 완료 후 발생할 수 있는 하자에 대한 업체의 보수 의무와 기간(법적으로 1년)을 명시했다.

3단계: 불안을 없애는 하자이행보증보험

'공사가 끝난 뒤 업체가 폐업하면 어떡하죠?' 이런 최악의 상황에 대비하는 최소한의 안전장치가 바로 '하자이행보증보험'이다. 업체가 정당한 이유 없이 하자 보수 의무를 이행하지 않을 경우, 보증 기관에서 그 비용을 대신 보상해 주는 제도다. 계약 시 '하자이행보증보험증권' 발급을 요청하고, 그 수수료가 공사 대금에 포함되어 있는지 확인하면 된다. 이는 소비자의 당연한 권리이므로 당당하게 요구해야 한다.

4단계: 소통으로 관계 유지하기

긴 공사 기간 동안 현장에서는 수많은 변수가 발생한다. 이때 가장 중요한 것은 기술이 아니라, 파트너와의 신뢰와 원활한 소통이다. 우리는 새로운 파트너와 공사를 시작하기 전, 몇 가지 소통의 원칙을 정했다.

- **존중과 격려**: 파트너를 내 집을 함께 만들어가는 전문가로 존중한다. 현장에서 땀 흘리는 기술자들에게 따뜻한 음료 한 잔과 격려의 말을 건네는 작은 배려가 작업의 질을 높인다.

- 요구사항은 명확하고 일관되게: 애매한 표현 대신 "미리 정했던 ○○ 페인트의 XX 컬러로 칠해주세요"라고 명확하게 요구해야 한다. 공사 진행 중 변덕스럽게 계획을 바꾸는 것은 최악의 소통 방식이다.

- 소통 창구 단일화: 가족 중 한 명을 주 담당자로 정하고, 모든 소통은 그 사람을 통해 이루어지도록 창구를 단일화해야 한다. 중요한 협의 내용은 증거로 남도록 가급적 문자나 메신저를 사용하는 것이 현명하다.

2. 공간에 생명을 불어넣는 과정

단단한 약속과 신뢰의 기반이 마련되자, 그의 집은 다시 숨을 쉬기 시작했다. 멈췄던 현장에 다시 기계 소리가 울려 퍼지고, 새로운 공간의 뼈대가 서서히 모습을 드러냈다. 이제 먼지와 소음 속에서 하나의 공간이 탄생하는 과정을 시간의 흐름에 따라 함께 따라가 보자.

보이지 않는 곳이 모든 것을 결정한다:
공사 전 필수 준비 사항

많은 사람이 인테리어는 예쁜 타일과 벽지를 떠올린다. 하지만 화려한 마감 뒤에는 집의 기초 체력을 다지는 '기초 공사' 과정이 숨어있다. 이 보이지 않는 과정이 얼마나 꼼꼼하게 이루어지느냐에 따라 집의 수명과 생활의 질이 결정된다. 본격적인 공사에 앞서, 반드시 알아두어야 할 4가지 필수 준비 사항을 소개한다.

1) 주민 동의: 평화로운 공사의 첫걸음

인테리어 공사는 소음, 분진, 엘리베이터 사용 등으로 이웃에게 불편을 끼칠 수밖에 없다. 따라서 공사를 시작하기 전, 이웃의 양해를 구하는 '주민 동의' 절차는 법적 의무 이전에 반드시 지켜야 할 '공동주택의 예의'다.

- **무엇을 해야 하나?**: 보통 해당 동 입주민의 50% 이상 (복도식은 해당 라인 포함)의 서면 동의를 받아야 한다. 관리사무소에 방문하면 정해진 양식, 동의가 필요한 세대 범위, 공사 예치금, 엘리베이터 사용료 등 상세한 규정을 안내받을 수 있다.

- **언제 해야 하나?**: 최소 공사 시작 1주일 전에는 동의 절차를 마무리하고 관리사무소에 공사 신고를 해야 한다. 동의를 받지 못한다면 공사를 시작조차 할 수 없다.

- **어떻게 해야 하나?**: 업체에 대행을 맡길 수도 있지만, 가급적 작은 선물을 준비해 직접 이웃집을 방문하며

공사 일정과 내용을 설명하고 양해를 구하는 것이 좋다. 진심 어린 인사는 공사 중 발생할 수 있는 민원을 줄여주는 가장 효과적인 방법이다.

- 잊지 말아야 할 것
  - 공사 안내문 부착: 동의 절차와 별개로, 공동 현관이나 엘리베이터에 공사 기간, 시간(보통 오전 9시~오후 5시), 업체 연락처가 명시된 안내문을 반드시 부착해야 한다.
  - 공사 예치금: 공사 중 발생할 수 있는 공용부 손상에 대비해 관리사무소에 납부하는 보증금이다. 공사 완료 후 이상이 없으면 전액 환급받는다.

2) 가설 공사: 현장을 보호하고 효율을 높이는 준비 작업

'가설假設' 공사는 본공사를 위해 임시로 설치하고 공사 후 철거하는 모든 작업을 의미한다. 눈에 띄지 않지만, 작업자의 안전과 효율, 기존 시설물 보호를 위해 매우 중요하다.

- 보양(保養) 작업: '보호하여 양생한다'라는 뜻으로, 공사 중 흠집이나 오염이 생길 수 있는 곳을 보호재로 꼼꼼히 감싸는 작업이다.

- **필수 보양 구역**: 현관문, 바닥, 엘리베이터 내부, 공동 복도 벽과 바닥 등.

- **체크 포인트**: 보양 작업이 꼼꼼하게 되어있는 현장일수록 시공 품질이 좋을 확률이 높다. 업체의 세심함을 엿볼 수 있는 첫 번째 지표다.

- **폐기물 처리**: 공사 중 발생하는 모든 폐기물을 처리하는 비용이다. 철거량에 따라 비용이 책정되며, 반드시 허가받은 폐기물 처리 업체를 통해 적법하게 처리해야 한다. 견적서에 '폐기물 처리비'가 명확하게 포함되어 있는지 확인해야 한다.

- **기타 가설 작업**: 공사에 필요한 임시 전기 및 수도 설비, 작업자들을 위한 간이 화장실 설치 등이 포함될 수 있다.

3) 철거 공사: 새로운 공간을 위한 비움의 과정

철거는 기존의 낡은 구조와 마감을 걷어내고, 새로운 디자인을 위한 깨끗한 캔버스를 만드는 과정이다. 단순히 부수는 것이 아니라, 무엇을 남기고 무엇을 없앨지 정확히 판단해야 하는 전문적인 작업이다.

- **철거 범위 확인**: 어디까지 철거할지 사전에 업체와

명확하게 협의해야 한다. (예: 바닥, 벽지, 몰딩, 싱크대, 욕실 전체, 창호 등) 철거 범위에 따라 비용과 공사 기간이 크게 달라진다.

- **내력벽 vs 비내력벽**
  - **내력벽**: 건물의 무게를 지탱하는 힘을 받는 구조적으로 매우 중요한 벽으로, 절대 철거할 수 없다. 임의로 철거 시 건물 전체의 안전에 심각한 위협이 되며, 법적 처벌을 받게 된다.
  - **비내력벽**: 단순히 공간을 나누는 역할만 하는 벽으로, 구조적인 검토 후 철거가 가능하다.
  - **확인 방법**: 아파트 도면으로 1차 확인이 가능하며, 가장 정확한 것은 관리사무소에 비치된 건축 도면으로 최종 확인하는 것이다. 절대 경험에만 의존해 철거를 진행해서는 안 된다.
- **확장 공사**: 발코니 확장은 합법적인 절차를 따라야 한다. 관할 구청에 '행위허가' 신고를 하고, 사용 승인을 받는 과정을 거쳐야 한다. 이 과정은 보통 업체에서 대행한다.

4) 설비 공사: 집의 혈관과 신경망을 재정비하는 핵심 공정

설비 공사는 우리 눈에 보이지 않는 벽과 바닥 속에 집의 혈관(수도, 난방)과 신경망(전기, 통신)을 새로 깔거나 재배치하는, 인테리어의 가장 핵심적인 공정이다. 한번 묻히고 나면 수정이 거의 불가능하므로, 시공 단계에서 가장 꼼꼼하게 계획하고 확인해야 한다.

- 전기 설비
  - 작업 내용: 낡은 전선 교체, 조명 위치 변경, 스위치 및 콘센트 신설/이설.
  - 체크 포인트: 생활 동선을 고려해 가구가 놓일 위치를 미리 정하고, 필요한 곳에 콘센트 개수를 충분히 확보해야 한다. (예: 침대 양옆, 소파 옆, 주방 가전 위치)
- 수도 설비
  - 작업 내용: 낡은 수도관(냉수, 온수, 오수) 교체, 주방 싱크대나 욕실 세면대, 샤워기 위치 변경.
  - 체크 포인트: 연식이 오래된 아파트라면 누수 위험을 줄이기 위해 이 단계에서 수도관을 교체하는 것을 적극 권장한다. 욕실 방수 공사는 수도 설비 후 여러 번 꼼꼼하게 진행해야 한다.

- 난방 설비
  - 작업 내용: 발코니 확장 부분에 난방 배관(엑셀 파이프) 연결, 노후된 분배기 교체.
  - 체크 포인트: 난방 배관은 집 전체를 순환하므로, 잘못 연결하면 난방 효율이 떨어지거나 누수가 발생할 수 있다. 반드시 경험 많은 전문가가 시공해야 한다.
- 가스 설비
  - 작업 내용: 가스 배관 위치 변경.
  - 체크 포인트: 가스 설비는 매우 위험하므로, 반드시 해당 지역 도시가스 회사에 소속된 자격증 보유 전문가를 통해서만 시공해야 한다. 인테리어 업체가 임의로 시공하는 것은 불법이다.

공간의 뼈대를 세우다: 목공

설비 공사가 끝나면, 공간의 전체적인 형태와 구조를 만드는 목공 작업이 시작된다. 추상적인 도면의 선들이 현실의 물질로 '육화'되는 이 순간은 공사 과정 중 가장 극적인 장면 중 하나다. 목수의 숙련도에 따라 전체 마감 품질이 좌우될 만큼 중요한 공정이다.

- 자연의 숨결, 원목 계열

  - **통원목(Solid Wood)**: 자연 그대로의 나무를 잘라 만든 가장 순수한 자재다. 고유의 나뭇결과 색이 살아있어 고급스럽지만, 가격이 비싸고 습도에 따라 수축하거나 팽창할 수 있다. 주로 '가심비'가 중요한 우드 슬랩 테이블이나 고급 가구에 사용된다.

  - **집성목(Glued Laminated Timber)**: 작은 원목 조각을 이어 붙여 넓은 판으로 만든 자재다. 통원목보다 변형이 적고 안정적이면서도 원목의 질감을 느낄 수 있어 주방 상판, 가구, 계단재 등으로 널리 쓰인다.

- 기술로 만든 나무, 공학 목재(Engineered Wood):

  - **합판(Plywood)**: 얇은 나무판을 나뭇결이 서로 직교하도록 여러 겹 붙여 만든다. 이 구조 덕분에 뒤틀림이나 수축에 매우 강하고 구조적으로 튼튼하다. 가구의 골격이나 벽체 등 눈에 보이지 않는 곳에서 튼튼한 뼈대 역할을 한다.

  - **MDF(Medium Density Fiberboard)**: 나무 섬유질을 접착제와 섞어 고압으로 압축한 자재다. 표면이 매우 매끄럽고 균일해 페인트 도장이나 필름 마감에

최적화되어 있다. 문, 몰딩, 장식적인 벽(템바보드) 등 디자인 표현이 중요한 곳에 주로 사용되지만, 물에 닿으면 부풀어 오르는 등 습기에 매우 취약하다.

- **PB(Particleboard)**: 톱밥 같은 작은 나무 입자를 접착제로 뭉쳐 만든다. 가장 저렴하지만 내구성과 내수성이 약하고, 포름알데히드 방출량이 높을 수 있다. 주로 싱크대나 붙박이장의 보이지 않는 몸통 부분에 사용된다.

내 공간의 눈과 피부: 창호, 무엇을 어떻게 고를까?

창호는 집의 단열, 방음, 채광, 디자인까지 책임지는 핵심 요소다. 단순히 바깥을 보는 '창'의 기능을 넘어, 외부의 혹독한 환경으로부터 우리를 지키고 내부의 쾌적함을 유지하는 '피부'와도 같다. 좋은 창호는 외부의 방해로부터 우리를 지켜주어, 집을 진정한 '회복의 공간'으로 만드는 기본 조건이다.

1) 뼈대를 결정하는 '프레임' 재질

- **PVC(플라스틱 창)**: 가장 대중적인 선택

- 장점: 열전도율이 낮아 단열 성능이 우수하고, 외부
  환경에 의한 변형이나 부식이 거의 없다. 기밀성이
  높아 방음에도 유리하며, 가격 경쟁력이 뛰어나다.
- 단점: 알루미늄에 비해 프레임이 두꺼워 시야를 일부
  가릴 수 있고, 다양한 색상 구현에는 한계가 있다.
- 추천: 단열과 방음, 가성비를 최우선으로 고려하는
  일반적인 아파트의 내/외부창.

■ 알루미늄(AL 창): 세련된 디자인과 내구성

- 장점: 프레임이 얇고 견고해 넓은 시야 확보와 세련
  된 디자인 구현이 가능하다. 강도가 높아 강한 바람
  에도 잘 견디며, 도장을 통해 다양한 색상을 표현할
  수 있다.
- 단점: 금속 특성상 열전도율이 높아 단열에 취약하
  고 결로 발생 가능성이 크다. (최근에는 내부에 단열재
  를 삽입한 '단열 알루미늄' 제품으로 단점을 보완한다.)
- 추천: 디자인과 개방감을 중시하는 주상복합이나
  상업 공간, 혹은 시스템 창호.

■ 알루미늄-목재(AL-Wood) 창: 최고급 주택의 품격

- 장점: 실외 쪽은 내구성이 강한 알루미늄을, 실내 쪽
  은 따뜻하고 고급스러운 원목을 적용한 하이브리드

방식이다. 두 소재의 장점(내구성+디자인+단열)을 모두 누릴 수 있다.

- 단점: 가격이 매우 비싸고 목재 부분은 주기적인 관리가 필요할 수 있다.
- 추천: 최고급 인테리어를 추구하며 예산에 제약이 없는 고급 주택이나 타운하우스.

2) 성능의 핵심, '유리' 종류

- **복층유리(Pair Glass)**: 기본 사양

  두 장의 유리 사이에 건조한 공기층을 두어 단열 성능을 높인 가장 기본적인 형태다.

- **삼중유리(Triple Glass)**: 시스템 창호에 주로 적용

  세 장의 유리 사이에 두 개의 공기층을 만들어 단열과 차음 성능을 극대화한 방식이다.

- **로이(Low-E) 유리**: 에너지 효율의 필수 요소

  유리 표면에 얇은 은(Ag) 막을 코팅하여 열의 이동을 최소화하는 고성능 에너지 절약형 유리다. 계약 시 로이 유리 적용 여부와 코팅 횟수(싱글/더블)를 반드시 확인해야 한다.

3) 삶의 방식을 바꾸는 '개폐 방식'

- 미닫이(Sliding): 가장 일반적인 방식

  좌우로 밀어서 여는 방식으로, 공간 효율성이 좋다.

- 여닫이(Casement): 뛰어난 기밀성

  문처럼 안팎으로 밀거나 당겨서 여는 방식. 기밀성과 단열, 방음 성능이 매우 뛰어나다.

- 틸트 앤 턴(Tilt & Turn): 환기와 안전을 동시에

  손잡이 조작만으로 두 가지 개방이 가능한 시스템 창호 방식이다. 창 윗부분만 살짝 기울여 안전하게 상시 환기가 가능하고, 여닫이처럼 활짝 열 수 있다.

마감재 선택 가이드

뼈대를 세우는 구조 공사가 끝나면, 공간에 색과 질감, 개성이라는 표정을 입힐 차례다. 어떤 마감재를 선택하느냐에 따라 공간의 분위기는 물론, 생활의 질까지 완전히 달라진다.

1) 타일: 기능과 디자인을 모두 잡는 팔방미인

- 종류로 구분하기

- 도기질 타일(Ceramic Tile): 흙을 구워 만든 타일. 강도는 비교적 약하지만, 색상과 디자인이 화려해 주로 실내 벽면에 사용된다.
- 자기질 타일(Porcelain Tile): 고온·고압으로 압축해 만들어 단단하고 물 흡수율이 매우 낮다. 내구성이 뛰어나 바닥과 벽, 실내외를 가리지 않고 사용할 수 있다.
  - **폴리싱 타일**: 자기질 타일 표면을 연마하여 대리석처럼 반짝이는 광택을 낸 타일. 공간을 넓고 화려하게 만들지만, 물에 젖으면 매우 미끄럽다.
  - **포세린 타일**: 표면과 내부가 동일한 재질. 무광의 차분하고 고급스러운 질감을 가지며, 내구성이 가장 뛰어나 바닥재로 인기가 높다.

■ 선택 전 체크리스트

- **사용 공간**: 벽에 붙일 것인가, 바닥에 깔 것인가?
  (벽: 도기질/자기질, 바닥: 반드시 자기질)
- **마감**: 반짝이는 유광인가, 차분한 무광인가?
- **크기**: 좁은 공간에는 작은 타일, 넓은 공간에는 600x600mm 이상의 큰 타일을 사용하면 시원하고 고급스러운 느낌을 준다.

- 안전: 욕실이나 현관 바닥은 미끄럼 방지 등급R-Rating
  을 확인하는 것이 좋다.

2) 페인트: 가장 빠르고 극적인 변화의 마법

- 성분으로 구분하기
  - 수성 페인트: 물을 용매로 사용하는 가장 일반적인
    실내용 페인트다. 냄새가 거의 없고 건조가 빠르다.
  - 유성 페인트: 시너를 용매로 사용하며, 내구성과 방
    수성이 뛰어나다. 냄새가 심해 방문, 몰딩 등 일부에
    제한적으로 사용된다.
  - 친환경 페인트: VOCs(휘발성 유기 화합물) 함량을 최
    소화한 제품이다. 아이 방이나 침실처럼 건강이 중
    요한 공간에 적극 추천된다.
- 선택 전 체크리스트
  - 광택: 빛 반사율에 따라 무광, 달걀광(에그쉘광), 반광,
    유광 등으로 나뉜다. 벽면에는 오염 관리가 용이한
    달걀광이 가장 널리 사용된다.
  - 기능성: 습기가 많은 욕실에는 항곰팡이 기능이 포
    함된 페인트를, 아이 방에는 낙서를 쉽게 지울 수 있는
    이지클린 기능이 있는 페인트를 선택하면 좋다.

- 컬러: 반드시 원하는 색상을 작은 면적에 미리 칠해보는 '샘플링' 과정을 거치는 것이 실패를 줄이는 길이다.

3) 벽지: 따뜻함과 편안함을 주는 가장 보편적인 선택

■ 재질로 구분하기

- 합지 벽지: 종이 두 장을 겹쳐 만든 벽지로 가격이 가장 저렴하다. 통기성이 좋지만 오염에 약하다.

- 실크 벽지(PVC 코팅 벽지): 종이 위에 PVC 코팅을 입힌 벽지다. 내구성이 강하고 오염 물질을 쉽게 닦아낼 수 있다. 색상과 질감 표현이 다채로워 가장 널리 사용된다.

- 천연 벽지: 옥수수 전분, 편백나무 등 자연 유래 성분으로 만들어진 벽지다. 아토피나 호흡기 질환이 있는 가족에게 좋지만, 가격이 비싸다.

■ 선택 전 체크리스트

- 예산과 내구성: 비용이 최우선이라면 합지, 내구성과 디자인이 중요하다면 실크 벽지를 선택한다.

- 가족 건강: 환경 호르몬에 민감하거나 아이가 있는 집이라면 비용이 더 들더라도 친환경 인증을 받은 제품이나 천연 벽지를 고려해볼 가치가 있다.

4) 바닥재: 매일 몸이 닿는 공간의 기초

- 종류로 구분하기
  - 강마루: 합판 위에 나무 무늬 필름과 고강도 코팅을 입힌 마루. 찍힘과 긁힘에 강하고 열전도율이 우수해 현재 아파트에서 가장 대중적으로 사용된다.
  - 강화마루: 고밀도 섬유판HDF 위에 나무 무늬 필름을 입힌 마루. 표면 강도가 매우 뛰어나지만, 바닥과 마루 사이에 공간이 떠서 소음이 발생할 수 있다.
  - 합판마루(온돌마루): 얇게 켠 천연 무늬목을 합판 위에 붙인 마루. 천연 나무의 질감을 느낄 수 있지만, 표면이 약해 긁힘과 찍힘에 취약하다.
  - PVC 시트(장판): PVC 소재의 시트 형태 바닥재. 가격이 저렴하고 물에 강하며, 쿠션감이 있어 보행 충격을 흡수한다.
  - SPC(Stone Plastic Composite) 마루: 돌가루와 플라스틱을 합성한 신소재 바닥재. 물과 습기에 100% 강하고, 열전도율이 높으며, 찍힘과 긁힘에도 매우 강하다.
- 선택 전 체크리스트
  - 생활 습관: 어린아이나 반려동물이 있어 긁힘, 오

염, 소음이 걱정된다면 강마루나 PVC 시트가 적합
하다.

- 디자인: 천연 나무의 고급스러운 질감을 원한다면
  합판마루, 모던하고 깔끔한 느낌을 원한다면 타일
  이나 SPC 마루를 고려할 수 있다.
- 난방 효율: 열전도 효율은 SPC〉강마루〉합판마루〉
  강화마루 순으로 조금씩 차이가 있다.

제작 가구 선택의 모든 것

제작 가구는 정해진 공간에 한치의 오차도 없이 꼭 맞
게 들어가는 '맞춤 정장'과 같다. 주방의 싱크대, 침실의
붙박이장처럼 공간의 크기와 사용자의 생활 방식에 맞춰
제작되기 때문에 공간 활용도를 극대화하고 통일감 있는
인테리어를 완성하는 핵심 요소다.

1) 가구의 뼈대, '몸통'의 소재와 등급

■ 몸통 소재의 종류

- **PB**(파티클보드): 가장 보편적인 선택
  폐목재나 나무 조각을 접착제와 함께 압축해 만든

판재. 가격이 저렴해 대부분의 일반적인 제작 가구 몸통으로 사용된다.

- **MDF(중밀도 섬유판)**: 나무 섬유질을 추출해 접착제와 함께 압축한 판재. PB보다 입자가 고와 단면이 매끄럽고 강도가 높다.
- **합판(Plywood)**: 얇은 나무판을 나뭇결이 교차하도록 여러 겹 붙여 만든 판재. PB나 MDF보다 훨씬 튼튼하고 습기에 강해 내구성이 뛰어나다.

■ 가장 중요한 것! '친환경 등급(포름알데히드 방출량)'
PB, MDF, 합판은 모두 나무 입자를 붙이기 위해 접착제를 사용하며, 이때 포름알데히드라는 유해 물질이 방출될 수 있다.

- **SE0 등급**: 방출량 0.3mg/L 이하(최고 등급)
- **E0 등급**: 방출량 0.3~0.5mg/L(친환경 자재의 기준)
- **E1 등급**: 방출량 0.5~1.5mg/L(국내 허용 기준)
- **선택 가이드**: 최소 E1 등급 이상의 자재를 사용해야 하며, 아이가 있는 집이라면 비용이 조금 더 들더라도 반드시 **E0 등급** 이상의 자재를 몸통으로 선택하여야 한다. 계약 시 자재 등급을 명시하는 것은 필수다.

2) 가구의 첫인상, '도어'의 마감 방식

- 도어 마감의 종류

  - **LPM(Low Pressure Melamine)**: 무늬가 인쇄된 종이에 멜라민 수지를 함침시켜 만든 시트를 MDF나 PB에 열로 압착해 붙인 마감재. 가격이 합리적이고 대중적으로 가장 많이 사용된다.

  - **PET(Polyethylene Terephthalate)**: 친환경적이고 변색이나 오염에 강하며, 매트하고 부드러운 질감 표현이 뛰어나 최근 가장 인기가 높다.

  - 래핑(**Wrapping / Membrane**): MDF 판재에 원하는 모양을 조각한 뒤, PVC 필름지를 열로 감싸듯 붙이는 방식. 클래식한 디자인 구현에 좋다.

  - 도장(**Painting**): MDF 위에 여러 번의 샌딩과 도색, 건조 과정을 거쳐 색을 입히는 최고급 마감 방식. 이음매 없이 완벽하게 매끄러운 표면과 깊이 있는 색감을 표현할 수 있다.

  - 천연 무늬목(**Veneer**): MDF나 합판 위에 얇게 켠 실제 원목을 붙인 마감재. 원목의 고급스러운 질감을 그대로 느낄 수 있으면서도 변형이 적다.

3) 사용의 질을 좌우하는 '하드웨어'

- 경첩(Hinge): 도어를 몸통에 연결하는 부품. 문이 '쾅' 닫히지 않고 스르르 부드럽게 닫히게 해주는 '댐핑 Damping 기능'이 있는 제품을 선택하는 것이 만족도를 크게 높여준다.

- 서랍 레일(Drawer Rail): 서랍을 여닫는 부품. 댐핑 기능이 추가되어 부드럽게 닫히는 '댐핑 언더레일'이 있다. 무거운 식기류를 넣는 주방 서랍에는 튼튼한 고급 레일을 사용하는 것이 좋다.

- 손잡이(Handle): 가구의 디자인을 완성하는 화룡점정. 최근에는 손잡이 없이 도어를 여는 '핸들리스 Handle-less' 디자인이 미니멀한 인테리어에 많이 적용된다.

과정에 참여하는 즐거움

약속대로 집이 지어지고 있는지 건축주가 주체적으로 확인하는 과정, 즉 '감리'는 전문가만의 영역이 아니다. 감리는 불신에서 비롯된 감시가 아니다. 오히려 시공 오류를 조기에 발견해 더 큰 문제를 막고, 작업자에게 건강한 긴장감을 주어 품질을 높인다. 무엇보다 공사 과정에 직접

참여하며 공간에 대한 이해와 애정을 키우는 즐거운 과정
이다.

감리의 시작: 무엇을 준비해야 할까?

효과적인 감리를 위해 현장에 갈 때는 아래의 '감리 4종
세트'를 반드시 챙겨가야 한다.

- 도면(설계도): 우리 집의 구조와 형태, 모든 약속이 담
  긴 '보물 지도'다.
- 자재 명세서(스펙북): 우리 집에 사용될 모든 자재의
  정확한 브랜드와 모델명이 적힌 '신분증'이다.
- 줄자: 도면상의 치수와 실제 시공 결과물이 일치하는
  지 확인할 수 있는 가장 기본적인 도구다.
- 스마트폰: 날짜와 시간이 기록되도록 사진과 동영상
  을 꼼꼼히 촬영해두어야 한다.

감리의 핵심: 언제, 무엇을 확인해야 할까?

놓치지 말아야 할 4번의 '골든 타임'을 기억해야 한다.

- **1단계 감리: 기초 공사 후(철거 및 설비 단계)**
  - 방문 시점: 기존 구조물이 모두 철거되고, 벽과 바닥에
    전기·수도·난방 배관 작업이 마무리되었을 때.

- 핵심 체크리스트

  - 전기: 스위치, 콘센트, 조명 배선이 정확한 위치에
    나와 있는가?

  - 수도: 주방 싱크대, 욕실 세면대, 샤워기와 변기의
    위치가 도면과 일치하는가?

  - 난방: 발코니를 확장했다면, 난방 배관이 끊김없이
    꼼꼼하게 연결되었는가?

- 왜 중요할까?: 이 공정들은 한번 덮이면 수정이 사
  실상 불가능하다.

■ 2단계 감리: 구조 공사 후(목공 단계)

- 방문 시점: 가벽, 천장, 문틀 등 공간의 전체적인 뼈
  대가 완성되었을 때.

- 핵심 체크리스트

  - 구조와 형태: 도면에 명시된 대로 벽체가 세워지고
    천장 디자인이 구현되었는가?

  - 수평과 수직: 문과 벽체가 기울지 않고 반듯하게
    세워졌는가? (스마트폰 수평계 앱 활용)

  - 치수 확인: 붙박이장이 들어갈 공간이나 문의 크기
    가 도면의 치수와 일치하는가? (줄자로 실측)

- 왜 중요할까?: 뼈대가 반듯해야 이후의 마감이 깔끔

하게 떨어진다.

- **3단계 감리: 마감 공사 중(타일 단계)**
  - 방문 시점: 욕실, 주방 등의 타일 작업이 완료되었을 때
  - 핵심 체크리스트
    - 자재 확인: 내가 고른 모델의 타일이 맞는지 자재 명세서와 대조한다.
    - 마감 상태: 줄눈 간격이 일정하고, 모서리 마감이 깔끔한가? 깨진 타일은 없는가?
    - 구배(물매): 욕실 바닥의 경우, 배수구를 향해 물이 잘 흘러가도록 미세한 기울기가 잡혀있는가? (물을 조금 부어 확인)
  - **왜 중요할까?**: 타일 시공의 하자는 누수라는 큰 문제로 이어질 수 있어 꼼꼼한 확인이 필요하다.
- **4단계 감리: 최종 마감 직전**
  - 방문 시점: 목공과 타일 공사가 모두 끝나고, 도배나 페인트, 바닥재 시공을 앞둔 시점.
  - 핵심 체크리스트
    - 바탕면 상태: 도배나 페인트칠이 깨끗하게 나오도록 벽면과 천장이 매끄럽게 정리되었는가?

  - **최종 자재 확인**: 현장에 도착한 벽지, 바닥재, 조
    명 등의 모델명이 자재 명세서와 일치하는지 최종
    확인한다.
- **왜 중요할까?**: 약속과 다른 자재가 들어오는 실수
  를 막을 수 있는 마지막 기회다.

첫 실패에서 무력감을 느꼈던 그에게 이 '감리' 과정은
중요한 치유였다. 그는 트라우마를 극복하고, 공간이 탄생
하는 과정의 주체적인 참여자로서 자존감을 회복했다. 그
는 더 이상 방관자가 아니었다. 공간이 만들어지는 과정을
직접 목격하고 참여하는 행위는, 소외되었던 그가 자신의
공간과 다시 깊은 관계를 맺는 '화해의 의식'이었다.

3. 새로운 삶을 위한 마지막 의식

길고 길었던 공사가 드디어 끝났다. 새로운 공간에 온기를 불어넣고, 비로소 우리 집으로 맞이하기 위한 마지막 과정이 남았다.

건강한 입주를 위한 필수 과정: 청소와 베이크 아웃

공사가 끝난 현장에는 미세한 먼지와 화학 물질들이 남아 있다. 새집증후군을 유발하는 휘발성 유기 화합물VOCs을 배출시키는 '베이크 아웃Bake-out'은 가족의 건강을 위해 반드시 거쳐야 할 정화 의식이다.

- **밀폐 및 개방**: 외부 창문을 모두 닫고, 실내의 모든

가구 문과 서랍은 활짝 연다.

- **난방**: 실내 온도를 35~40℃로 높여 3~5시간 이상 유지한다.
- **환기**: 모든 창문을 열고 2~3시간 동안 내부의 오염된 공기를 완전히 **빼낸다**.
- **반복**: 이 과정을 입주 전 최소 3~5회 반복하면 새집 증후군을 효과적으로 예방할 수 있다.

공간에 영혼을 불어넣는 시간: 홈스타일링

딱딱한 인테리어 '공사'가 공간의 튼튼한 '몸'을 만드는 과정이었다면, 지금부터 시작될 '홈스타일링'은 그 몸에 당신의 이야기와 취향, 삶의 온기를 불어넣어 비로소 살아 숨 쉬는 '영혼'을 갖게 하는 마지막 과정이다.

1) 가구: 공간의 질서를 잡는 첫걸음

- **주인공부터 정하기**: 각 공간의 '주인공' 가구(거실의 소파, 침실의 침대 등)를 가장 먼저 결정해야 한다.
- **여백의 미를 기억하기**: 가구와 벽 사이에는 편안한 움직임을 위한 '동선'과 시각적인 편안함을 주는 '여백'

이 반드시 필요하다.

- 사이즈는 두 번, 세 번 확인하기: 가구가 놓일 공간의 크기뿐만 아니라, 현관문, 복도, 엘리베이터의 폭과 높이까지 꼼꼼하게 확인해야 한다.

2) 조명: 분위기를 조각하는 빛의 마법

- 빛의 레이어링(Layering): 여러 겹의 빛을 활용해 공간을 입체적이고 아늑하게 만드는 조명 연출법이다.
  - 1단계(전체 조명): 공간 전체를 부드럽게 밝히는 기본 조명.
  - 2단계(기능 조명): 식탁 위의 펜던트 조명, 독서등처럼 특정 활동을 위해 필요한 기능적인 빛.
  - 3단계(강조 조명): 그림이나 장식품을 비추는 스포트 라이트처럼 특별한 포인트를 주는 장식적인 빛.
- 빛의 온도를 활용하기: 휴식이 필요한 거실과 침실에는 따뜻한 노란빛(전구색, 약3000K)을, 집중이 필요한 서재나 주방에는 깨끗한 하얀빛(주광색, 약6000K)을 사용하는 등 공간의 목적에 맞게 빛의 온도를 선택하면 생활의 질이 달라진다.

3) 패브릭: 공간에 온기를 더하는 가장 쉬운 방법

커튼, 러그, 쿠션은 계절이 바뀔 때마다 옷을 갈아입듯 공간의 분위기를 손쉽게 바꿀 수 있는 최고의 스타일링 아이템이다.

- **커튼**: 천장에서부터 바닥까지 길게 떨어지는 커튼은 공간을 더 높고 우아하게 만들어준다.
- **러그**: 흩어져 있는 가구들을 하나의 그룹으로 묶어주고, 공간에 안정감을 부여하는 '보이지 않는 벽'이다.
- **쿠션과 블랭킷**: 적은 비용으로 공간에 색감과 패턴, 포근한 질감을 더하는 '마법의 양념'과도 같다.

4) 마지막 숨결: 당신의 이야기를 채우는 시간

- **초록의 생명력, 식물**: 살아있는 식물 하나가 공간에 불어넣는 생기와 활력은 그 어떤 값비싼 소품보다 강력하다.
- **나의 이야기, 그림과 사진**: 벽에 걸린 액자 하나는 공간의 격을 높이는 동시에 당신의 이야기를 들려주는 창이 된다.
- **오감을 만족시키는 작은 것들**: 당신이 좋아하는 책, 여행지에서 모은 기념품, 공간을 채우는 은은한 향기,

좋아하는 음악까지. 당신의 오감을 만족시키는 모든 것이 바로 최고의 스타일링 요소다.

홈스타일링은 한 번에 끝내야 하는 숙제가 아니다. 당신의 삶과 함께 변화하고 성장하는 살아있는 과정이다. 서두르지 말고, 당신의 새로운 집과 천천히 대화하며 당신만의 이야기를 채워나가야 한다. 비로소 당신의 집은 당신의 삶 자체를 반영하는 가장 완벽한 공간이 될 것이다.

입주, 그리고 새로운 시작

잿더미 위에서 다시 시작했던 그는, 현관문을 열고 들어서는 순간 감격에 겨워 한동안 말을 잇지 못했다. 그의 새로운 공간은 단순히 예쁜 집이 아니었다. 실패와 좌절을 딛고, 자신의 꿈을 포기하지 않았던 한 사람의 용기와 노력의 결실이었다. 그곳에는 아이의 건강을 위한 친환경 소재의 따뜻함, 아내의 휴식을 위한 욕조의 편안함, 그리고 가족의 웃음소리가 채워질 원목 식탁의 온기가 오롯이 담겨 있었다.

새로워진 공간은 당신의 삶에 새로운 장을 열어줄 것이다. 하지만 이것이 끝은 아니다. 집은 한번 완성되면 멈춰 있는 박제품이 아니라, 그 안에서 살아가는 우리의 삶과 함께 계속해서 변화하고 성장하는 살아있는 생명체와 같다. 하이데거의 말처럼, 우리는 거주하는 법을 끊임없이 배워 나가야 한다.

이제, 당신의 새로운 집에서 당신의 새로운 이야기를 써 내려갈 시간이다.

이 워크북은 당신의 막연한 꿈을, 누구에게나 명확히 전달하고 끝까지 지켜낼 수 있는 구체적인 계획으로 바꾸는 도구다. 수많은 선택의 갈림길에서 길을 잃지 않게 해줄 당신만의 '공간 선언문'을 작성한다.

1단계: 나의 공간 선언문을 작성한다

모든 선택의 기준이 될 단 하나의 원칙, '북극성'을 정하고 한정된 자원을 그곳에 집중한다.

질문: 당신의 집이 최우선으로 제공해야 할 핵심 가치는 무엇이며, 그 가치를 실현하기 위해 어디에 집중적으로 투자하겠는가?

- 나의 북극성: 나의 집은 무엇보다도 아래의 가치를 위한 장소여야 한다. 가장 중요한 단 하나의 가치에 체크한다.
  - ☐ 회복(평온한 안식처)　　　☐ 영감(창의성을 깨우는 곳)
  - ☐ 몰입(온전히 집중하는 환경)

- 집중 투자 항목: 위 가치를 실현하기 위해, 예산과 노력을 가장 집중적으로 투자할 단 하나의 '가심비' 항목은 무엇인가? (예: '회복'을 위한 편백나무 욕조/ '몰입'을 위한 완벽한 방음 시공)

2단계: 나의 비전을 번역한다

나의 철학을 시각적 언어로 번역하고, 그 비전을 현실로 만들어 줄 최고의 조력자를 찾는다.

질문: 당신의 북극성을 어떤 시각적 언어로 표현할 것이며, 당신의 철학을 이해하는 조력자를 어떻게 찾을 것인가?

- 시각 언어: 당신의 북극성을 대표하는 핵심 색상과 소재, 각각 하나씩을 정한다. (예: '회복'을 위해, 마음을 차분하게 하는 흙빛 녹색과 따뜻한 원목 소재)

- 핵심 질문: 디자이너나 시공사에게 나의 철학을 전달하고 그의 '번역 능력'을 알아보기 위한 단 하나의 질문을 만든다. (예: "저의 핵심 가치인 '회복'을 구현하기 위해 어떤 구체적인 제안을 주실 수 있나요?")

3단계: 나의 철학을 지켜낸다

계획이 현실이 되는 과정에서 당신의 북극성이 흔들리지 않도록 붙잡아 줄 마지막 점검 목록이다.

질문: 계약, 시공, 완성의 각 단계에서 당신의 철학을 지키기 위해 절대 타협하지 않을 단 한 가지는 무엇인가?

- 계약서의 맹세: 계약서에 반드시 명시해야 할, 나의 북극성과 직결된 단 하나의 항목은 무엇인가? (예: '가심비' 항목으로 정한 ○○○ 브랜드의 ○○○ 모델명을 정확히 기재한다.)

- 현장의 눈: 시공 현장에서 나의 북극성이 잘 구현되고 있는
  지 확인하기 위해 가장 먼저 점검할 것은 무엇인가? (예: '회복'
  을 위한 조명의 위치와 색온도가 도면과 일치하는지 확인한다.)

  ____

  ____

- 마지막 숨결: 텅 빈 공간에 당신의 이야기를 완성할 마지막
  스타일링 아이템 하나는 무엇인가? (예: '영감'을 위해, 여행지
  에서 가져온 그림을 가장 잘 보이는 곳에 건다.)

  ____

  ____

이제 당신의 철학은 구체적인 계획이 되었다. 이 선언문을 바탕
으로, 흔들림 없이 당신의 이야기를 현실의 공간으로 만들어
나갈 수 있을 것이다.

당신의 공간은

당신에게 말을 걸어오고 있는가?

당신의 공간이 말을 걸어올 때,

당신은 이제 무엇이라고 대답할 것인가?

이제, 당신의 이야기를 시작할 시간

이제, 당신의 집이 당신에게 말을 걸어올 때

프롤로그에서 나는 물었다. "당신의 공간은 당신에게 말을 걸어오고 있는가?" 과정을 함께한 지금, 나는 그 질문을 조금 바꾸어 당신에게 돌려준다. "당신의 공간이 말을 걸어올 때, 당신은 이제 무엇이라고 대답할 것인가?"

이 책과 함께 우리는 빛의 언어를 배우고, 색의 문법을 익혔으며, 소재의 속삭임에 귀 기울이는 법을 살폈다. 당신은 더 이상 공간의 질문 앞에서 침묵하지 않는다. 당신은 이제 당신의 몸과 마음이 원하는 바를 이해하고, 그것을 공간의 언어로 번역하여 응답할 힘을 갖게 되었다.

얼마 전 수진 씨에게서 사진 한 장을 받았다. 아이가 잠든 밤, 부부만을 위해 마련했던 거실의 작은 '아지트' 사진이었다. 푹신한 암체어 위에는 읽다 만 책이 펼쳐져 있고, 사이드 테이블 위에는 김이 모락모락 나는 찻잔 두 개가 놓여 있었다. 완벽하게 정돈된 잡지 속 공간은 아니었지만, 그 어떤 공간보다 평화롭고 충만해 보였다. 사진과 함께 이런 글이 적혀 있었다.

"실장님, 이제야 우리 집이 저희를 안아주는 것 같아요."

그 순간, 나는 다시 한번 깨달았다. 공간을 만드는 일은 지친 우리를 안아줄 하나의 세계를 창조하는 과정이다.

영원히 끝나지 않을 집짓기, 그 아름다움에 대하여

집이란 고정된 꿈이 아니라 우리 삶의 계절과 함께 끊임없이 성장하는 동반자다.

우리는 종종 집 꾸미는 일을 '끝내야 할 프로젝트'로 생각한다. 하지만 진정한 의미의 집은 결코 '완성'되지 않는다. 우리의 삶은 단 한 순간도 멈추지 않기 때문이다. 아이는 자라고, 꿈은 변하며, 관계는 깊어진다. 좋은 집이란 이 모든 삶의 변화를 기꺼이 품으며 함께 성장하고 변화하는, 살아있는 유기체와 같다.

우리는 '파티나Patina'라는 아름다운 단어를 배웠다. 시간의 흐름과 사용자의 손길에 따라 자연스럽게 변하며 깊이를 더해가는 흔적. 이 파티나는 우리가 추구해야 할 집과 삶의 모습에 대한 가장 완벽한 은유다. 흠집 하나 없는 새것의 상태를 박제하려는 집이 아니라, 가족의 웃음과 눈물, 사랑의 흔적들이 아름다운 파티나로 새겨지는 집. 낡아가는 것이 아니라, 우리의 이야기와 함께 '깊어지는' 집 말이다.

하이데거는 우리가 '언제나 새롭게 거주하는 법을 배워야 한다'고 말했다. 당신의 집짓기는 이 책의 마지막 장을 덮는 순간 끝나는 것이 아니라, 바로 그 순간 새롭게 시작된다. 당신의 공간에 새겨질 앞으로의 파티나를 기대하고 환대하는 것, 그것이야말로 우리가 배운 '거주'의 기술을 평생에 걸쳐 실천하는 가장 아름다운 방식이다.

당신의 이야기, 당신의 규칙

이 책을 통해 우리는 많은 사람의 이야기를 만났다. 최신 유행을 좇다가 자신의 욕망을 잃었던 부부는 낡은 오피스텔의 추억 속에서 '홈Home'의 본질을 되찾았다. 각자의 색을 고집하던 예비부부는 서로의 내면을 이해하며 조화로운 팔레트를 완성했다. 성공의 갑옷 속에 갇혔던 한 남자는 아버지의 낡은 의자에서 진정한 위로를 발견했고, 굳게 닫힌 아이의 방문 앞에서 한 가족은 존중이라는 새로운 언어를 배웠다.

그들의 과정은 결국 하나의 진실로 모인다. 공간에 정답은 없다는 것. 유행하는 미니멀리즘도, 화려한 맥시멀리즘도 그 자체로 옳거나 그르지 않다. 중요한 것은 그 공간이

나의 삶과 내면의 목소리에 얼마나 정직하게 응답하는가, 즉 '자기다움Authenticity'을 담고 있는가이다.

고백하자면, 나의 서재는 발 디딜 틈 없이 책으로 가득하다. 누군가에게는 혼돈처럼 보일지 몰라도, 그 아름다운 무질서 속에서 나는 시간의 흐름마저 잊은 채 온전히 빠져드는 몰입과 잊었던 꿈을 다시 꾸게 하는 영감을 얻는다. 나의 책상 한편에는, 몇 해 전 아들이 서툰 글씨로 내 이름을 새겨 선물해 준 펜 하나가 묵묵히 자리를 지키고 있다. 그것은 내게 단순한 필기구가 아니라, 글쓰기의 고독한 길을 걸을 때마다 나를 지켜주는 부적과도 같은 존재다.

이처럼 당신의 공간에도 당신만의 이야기가 담긴 사소하고도 위대한 사물들이 있을 것이다. 타인의 시선이나 유행의 규칙에서 벗어나, 당신의 영혼을 기쁘게 하는 당신만의 규칙을 세울 용기를 가져야 한다.

문을 닫으며, 당신의 침묵 속으로

나의 역할은 여기까지다. 나는 당신을 당신의 집 문턱

까지만 안내할 수 있을 뿐이다. 이제 문을 열고 들어가 그 공간의 주인이 되는 것은 온전히 당신의 몫이다.

이 책이 당신에게 몇 가지 유용한 도구와 새로운 관점을 선물했기를 바란다. 하지만 가장 중요한 것은, 이 책을 덮고 당신의 공간으로 돌아가, 그곳의 침묵에 스스로 귀 기울이기 시작하는 것이다. 당신의 소파는 당신에게 어떤 위로를 건네고 싶은가? 당신의 창문은 당신에게 어떤 풍경을 보여주고 싶은가? 당신의 식탁은 어떤 대화로 채워지기를 기다리고 있는가?

그 고요한 질문과 응답의 과정 속에서, 당신의 공간은 비로소 당신의 이야기가 담긴, 세상에 단 하나뿐인 당신의 집이 되어갈 것이다.

이제, 당신의 이야기를 시작할 시간이다.
당신의 집에서 당신의 이야기가 오래도록 행복하기를 바란다.

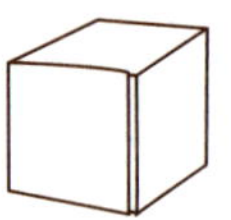